#我要說出真相

結城真一郎
Shinichiro Yuki

目次

慘者面談（註1）

1 和「三者面談」同音。三者面談是指教師、學生、監護人三方參加的面談。

車上的廣播宣布著「下一站新宿」。我不經意地抬頭望向懸掛在車頂的廣告，看見週刊雜誌的大標題：「偽裝熟人詐騙，小六學生成為犯罪先鋒軍」——這個案件的專題報導最近在電視新聞上鬧得沸沸揚揚。看到「小六」二字的瞬間，我的腦海中浮現一位少年的身影，以及他充滿畏懼卻仍注視著我、努力向我傳達某些事的那雙眼睛。他也是個小學六年級的孩子。當時他的想法是什麼？他的心情是怎樣？我完全想像不出來。

＊

事情始於兩週前的某個夜晚。

「今天非常感謝你，後續的事還請你多多關照。」

母親在玄關行禮說道，靦腆的小六女孩站在她旁邊。

「我也要請妳多多關照。為了妳的女兒，我一定會介紹一位最棒的老師。」

深深鞠躬之後，我便轉身離開。在繞過轉角之前回頭一看，母女倆仍在門前目送我。我大大地揮手，母親再次鞠躬，少女也朝我大大揮手。這代表一切都進行得很順利。

來到大馬路，我立刻打電話回公司報告結果。裝出來的笑臉已經被我拔下來丟到路邊，不過那對母女看不到這一幕。

「感謝您的來電，這裡是『at home 家教中心』。」

電話鈴聲很快就中斷了，隨即傳來溫和有禮的問候。這是宮園社長，他大學一畢業就開始經營針對國中入學考試的家教仲介，今年是第八年了。社長好像不打算擴大營運，除了他以外沒有其他員工，所以電話都是社長接聽的。

「辛苦了，我是片桐。」

「什麼嘛，原來是阿桐啊。我還以為是客訴電話，害我整個人都緊張起來了。總之你辛苦了。今天一定很不好過，那個母親不好對付吧？」

宮園社長一聽到是我，立刻恢復成平時的語氣。隨興而散漫，這毫無疑問是社長的魅力所在，但也因此給我添了不少麻煩。

「是啊，那位太太難搞得很，不過還是很快就談攏了，週二上課，一次一百二十分鐘。」

「多謝啦。真有你的，不愧是王牌業務阿桐。」

「at home家教中心」的工作內容很簡單，我們會去大型補習班的模擬考會場廣發傳單，如果有家長看到傳單打電話來詢問，就派業務員上門拜訪，討論孩子的課業問題並推銷家教的必要性，只要讓家長說出「那就麻煩貴公司的老師吧」就成功了，接下來只要從公司合作清單上挑選符合條件的大學生去當家教。

「上課日期是一三五之中挑兩天，希望是個溫柔的女老師。」

「女性期待的『溫柔』可是世上最難尋得的東西之一呢。」

「是啊，所以請您快去找吧。」

無須贅言，掌握關鍵的當然是業務員的能力。

業務員得和家長討論家庭的各種問題，每個家庭的問題都不一樣，可能是讀書方法，甚至是親子關係，總之一定要讓家長看見今後該走的路。當然，業務員無論遇到什麼情況都會給出「應該請家教」這個結論，但若想要讓家長簽約，就得說出能令人信服的道理。國中入學考試是關係到孩子人生的大事，家長當然不會輕易同意，所以能不能在拜訪家庭時贏得家長和身為考生的孩子的信任就決定了一切。

令人吃驚的是，居於關鍵地位的業務員竟然全都是打工的大學生。這間公司有四個業務員，每個都讀過知名中學。宮園社長認為：「正經八百穿著西裝的大人不管用」、「大學生比較能讓人感到親近」、「就像是年齡相近的大哥哥大姐姐」、「人事費也比較便宜」。

我是從大學一年級的秋天開始在這裡工作，原本我是來應徵當家教，但宮園社長一看到我的履歷就立刻勸說：「畢業於本市三大私立男校之一的麻布高校，目前就讀於東大」、「這經歷太突出了」、「看在有孩子準備考國中的家長眼中很有說服力」、「片桐，你非常適合當本公司的業務員」。在社長的連番進攻之下，我當場就接受了這個職務。

現在我已經大三了，我依然很慶幸自己做了這份工作。酬勞是依照業績計算，所以收入不太穩定，但順利的時候可以月入二十萬圓，在學生打工之中算是很優渥了，更重要的是，我可以走進很多家庭和重視教育的虎爸虎媽脣槍舌劍，每天都過得很刺激。我至今處理過三百多個案子了，算是打工學生之中的老手，今天我也成功說服了本來表示「還是不要請家教了」的母親，甚至讓她當場簽約。

「對了，阿桐，你下週四傍晚有空嗎？」

宮園社長突然問道。一定是又有客戶預約吧。

「嗯，那天我沒有安排行程，沒問題。」

「太好了。下午五點在新百合丘有預約。那就勞煩你了。」

「男生還是女生？」

「小六男生。因為他九月全國模擬考的結果太爛，家長覺得有必要補救。那位母親在電話裡的語氣聽起來很沉穩、很理智，用平時的方法去談就行了。而且對方的目標是三大私立男校，你的學歷會讓他們很羨慕，應該很容易談吧。」

因為成績低迷而想找尋新的突破點，這聽起來只是不值一提的平凡案子。二月就要入學考試，現在十月才開始請家教，起步未免太慢了，再說現在的國中考試比我那個時代激烈不知道多少倍，證據就是我聽說有不少大型補習班要在小一就報名才擠得進去。考慮到現代的這些趨勢，更讓人覺得為時已晚，不過每年其實都有不少家庭因暑假後第一次模擬考成績不佳，抱著死馬當作活馬醫的心情打電話來。

「我把電話地址和其他資料傳給你，你先簡單看一下。」

掛斷電話後，我的手機立刻收到訊息。

『矢野悠，十二歲。預約面談時間週四下午五點。上東京的私立小學，可從小學直升至高中，希望中學換成水準更高的學校（例如三大私立男校）。小三開始補習，暑假課程的結果很不妙。擅長科目是國語，學過鋼琴和游泳。父親正在國外出差。』

資料雜七雜八的，根本沒有整理過，社長大概是把接電話時一邊打下來的東西直接傳來吧？學生的名字是讀作「Yuu」嗎？至少先告訴我怎麼讀嘛。我在心中喃喃抱怨這些小事，當時的我只覺得這個案子平凡無奇。

面談當天下午四點半。我在約定時間的三十分鐘前到達客戶家附近的車站，然後漫無目的地到處閒逛，看看這裡有什麼商店或機構，附近的公園能玩什麼，本地的小學外觀如何，試著找尋能當作話題的事物。學生讀的是東京的私立小學，去看本市的小學也沒什麼用處，不過製造這些「親身經驗」能讓我和客戶更容易拉近距離，我有好幾次都是靠著這些小話題而獲得意想不到的進展。

新百合丘位於神奈川縣的北部，是以小田急線直達特快車會停靠的新百合丘站為中心的睡城（註2），去新宿和澀谷只要三十分鐘，交通便利度無可挑剔。車站旁的購物中心可以買到各式各樣的日用品，除了坡道比較多以外，居住環境沒有任何不便之處。我對這裡的第一印象是安靜又平凡。公告欄貼著市民中心活動的傳單、町內會的通知、本地高中的校慶活動導覽，其間還夾雜著「闖空門案件頻傳」的警告海報。這地方的治安看起來不錯，原來事實並非如此。

矢野家坐落於平凡的住宅區，是一棟以白色為主的無庭院兩層樓建築，不大也不小，停車場有一輛豐田皇冠，一看就是標準的中產上班族家庭。門牌上寫著「矢野慎一、真理、悠」，看來這位學生是獨生子。門邊停放著小孩的腳踏車，椅墊上積滿了塵埃。是因為準備考試太忙，沒有時間出去玩嗎？令我最在意的是門前路上散亂著廚餘，仔細一看，旁邊的垃圾放置處有個透明垃圾袋破掉了，可能是被烏鴉咬破的。垃圾如果沒有用網子蓋好就會發生這種事。

話說回來，這裡未免太安靜了，完全感受不到生活的氣氛，不過屋裡還是傳出一些像在收拾的聲音，大概是在準備迎接客人吧。

我慢慢地繞著房子走，看見掩上窗簾的一大片窗戶，那裡多半是客廳吧。矢

2 bed town，大城市周邊的住宅區、通勤者居住的城鎮。

野家安靜得令人害怕。我繞到屋後，發現後門開著一條縫，真是太不小心了。

此時屋內突然傳出像是慘叫的尖銳聲響。我聽不清楚喊叫的內容，但那毫無疑問是女人的聲音。

——是母親嗎？

國中入學考試經常造成親子失和，尤其是母子間的戰爭，因為媽媽很愛訓話：「你什麼時候才要開始用功？」、「你考的是什麼成績啊！」、「為什麼連這種題目都不會？」、「讀完書之前不准出去玩，也不准打遊戲！」。每個家庭都會發生這種事，簡直就像當季的特產，矢野家想必也是如此。

我回到大門前，做了個深呼吸，按下門鈴。稍微早到應該沒關係吧？一直在周圍晃來晃去好像在偵查似的，讓我有點心虛，而且母親如果正在發脾氣，小悠也很值得同情。

沉默依然保持。等了一分鐘左右，我再次按下門鈴，但屋裡遲遲沒人出來應門。為了慎重起見，我又看了一次宮園社長傳來的訊息，面談時間是下午五點沒錯，而且我剛才明明聽見屋內有聲音，不可能沒人在家。我直接大喊「不好意思」，還是沒有任何反應，彷彿全家人都屏住呼吸偷窺著我。

因為一直得不到回應，乾脆直接打矢野家的電話看看吧。或許是門鈴壞了，又或許對方從對講機的鏡頭看到我，覺得我不像「at home 家教中心」的業務員，所以故意假裝不在。我拿出手機，正準備按下撥號鍵……

「請問是哪位？」

門口的對講機傳出女性的聲音。

我愣了一下，隨即朝著對講機說：

「我是『at home 家教中心』的片桐，約好今天下午五點要來拜訪……」

「哎呀，有這回事嗎？真是抱歉。順便問一下，片桐老師是第一次來我們家嗎？」

當然。明明是她自己打電話來預約的，幹麼問這種廢話？我雖然這樣想，但還是努力避免表現在臉色或語氣上。

「是的，我今天是第一次來。希望可以陪您商量各方面的問題，包括有沒有必要請家教。」

「喔！我想起來了！最近我除了你們公司以外還問了好幾間家教仲介，所以有點搞混了。不好意思，我要先整理一下家裡，可以請你等十分鐘嗎？」

「這、這樣啊……是沒關係啦。」

宮園社長說這位客戶在電話裡聽起來很沉穩、很理智，但我怎麼看都覺得她不符合社長的描述，她連自己請了哪間公司的人都搞不清楚，未免太脫線了。不過我也得知了一條重要資訊，那就是這個案子要和其他公司競爭。既然如此，我一定要比平時更投入才行。這次的成敗關鍵是不讓客戶慢慢比較，一定要今天之內讓她做出決定。

我等了二十分鐘以上。大門終於打開了。

「對不起，讓你久等了。」

走出來的是身穿牛仔褲及毛衣、套著圍裙的女性，年齡大約四十上下，不胖不瘦，皮膚白皙，一雙大眼睛緊張兮兮地眨個不停，淺褐色頭髮紮成一束。她不知是不是剛洗完衣服，手上還戴著橡膠手套。有位皮膚黝黑、穿著短袖短褲的少年站在她身後看著我，如同棒球少年的超短頭髮有些濕濡，他才剛洗完澡嗎？從外表看起來不太像考生。

「打擾了。」

被帶進客廳後，我立刻到處打量。為了說服對方簽約，任何資訊都有幫助，客戶不會主動提起的各種「隱情」都可以從房子看出來。

先說第一印象，屋內雖然不亂，但是東西很多。最顯眼的是那臺很大的電漿電視，大約有四十吋，看電視時如果靠得太近可能會傷害視力。電視旁隨便擺著高爾夫球袋，想必是父親的興趣。後面有一架直立式鋼琴，琴鍵蓋是闔上的，上面還堆著東西，可能很久沒彈了。不管怎麼說，從屋內擺設就可以看出這個家庭很富裕，畢竟孩子從小學就能讀私立學校嘛。我的視線又移到了桌上成堆的文件，那些大概是國中入學考試的相關資料吧。不好好整理就是會變成這樣。最令我驚訝的是客廳裡看不到全家福的照片，搞不好他們的夫妻關係很差，我說話時最好多注意一點。

「走路時要小心喔，不過有穿拖鞋應該不要緊吧。剛才這孩子打破了花瓶，我就是忙著打掃才花了這麼多時間……」

原來如此，這樣我就懂了，她戴橡膠手套一定也是為了打掃，說不定我剛剛聽到尖銳聲音就是打破花瓶的時候。我瞄了地板一眼，地上有些濕濕的，但是沒有明顯可見的碎片。

隔著桌子面對面坐下以後，我先開口說：

「那我們就開始討論吧。我是『at home 家教中心』負責這件案子的業務員片桐。我雖是業務員，其實我也還在讀書，是東大的三年級學生……」

我像平時一樣地自我介紹，坐在對面的母子頻頻點頭。情況和平時一樣。

話雖如此，我總覺得好像哪裡不太對勁。

「我做這份工作已經兩年了，至今拜訪過很多家庭提供諮詢，所以有任何問題都請儘管提出，千萬不要客氣。」

——他們有在聽我說話嗎？

尤其是母親，她表面上聽得很認真，但顯然一副心不在焉的樣子。我說的話一點都不吸引她。我完全不明白這是怎麼回事，我從來沒遇過這種情況。

「十年前的我也是考生，我經常和父母吵架，甚至會大打出手，有一段時間非常討厭讀書，但我還是跨越了重重阻礙，最後考上了麻布中學。好的壞的經歷我都有過，身為中學入學考試的過來人，我今天一定能幫上你們的忙。」

「這樣啊。」

我的母校是本市三大私立男校之一的麻布中學，這位客戶的志願明明也是三大私立男校，反應卻如此冷淡。難道他們對麻布沒興趣，而是想考另外兩所學校

——開成和武藏嗎？不對，就算是這樣也說不過去啊。在一般的情況下，就算只是客套也該說句「你是麻布畢業的啊，真厲害！」才對嘛。

我努力揮開心底的疑惑，簡單介紹了自己的成長背景、公司概況、今天來拜訪的目的，接著就要進入主題了。

「關於我個人和公司的介紹大概就是這樣，接下來要請教你們一些問題。首先是名字，小弟弟是叫『Yuu』吧？」

嘴巴緊抿、全身緊繃坐在旁邊的少年驚恐地看了母親一眼。

母親的反應則是不耐地皺起眉頭。

「別人在問你話，你自己回答。」

她的語氣嚴厲得像是在逼供。我好像稍微看出了矢野家的親子關係。家教嚴格的母親，老是在察言觀色、畏畏縮縮的孩子。這是很常見的情況。

「快說啊。」

在母親的逼迫下，少年轉開目光，點點頭小聲回答「是的」。

「對不起，這孩子很怕生。」

「也不能怪他啦，突然來了個陌生的大哥哥，當然會緊張嘛。」

我笑著打圓場，但小悠依然膽怯地縮著肩膀。

——他對我的戒心很重耶。

我重整心情，正要提出下一個問題時，母親像是突然想到似地說：

「糟糕，我都忘記準備飲料了。片桐老師可以喝茶吧？」

我回答「好的」，視線落在走向廚房的母親的手，因為她仍然戴著橡膠手套。

那不可能是忘記脫掉吧，所以她是故意的嗎？

母親很快就回來了。托盤上放著三個杯子，她的手還是戴著手套。

「啊，對不起，我這樣很怪吧？」

母親發現我很注意她的手。

「其實我前幾天在準備晚餐時雙手燙傷了……露出傷痕可能會讓人不太舒服。」

——原來是這樣啊。

害她顧慮這麼多讓我有些過意不去，我一邊在心中默默道歉，一邊繼續問道：

「我想先了解一下讀書以外的事。你媽媽在電話裡說你學了游泳和鋼琴，你是從什麼時候開始學的呢？」

我再次向小悠問道，但他還是低著頭不說話。
「現在還有在學嗎？」
他始終不肯開口，氣急敗壞的母親比剛才更嚴厲地說道：
「我真的要生氣了喔。你不好好回答，對片桐老師太失禮了。」
「沒關係啦，不要這樣說嘛……」
「不行，都六年級了還這麼不懂事，將來要怎麼辦呢？片桐老師一定很清楚，最近的孩子懂事的程度連大人都很驚訝吧？」
「嗯，是這樣沒錯啦……」
——你可別因為對方是孩子就小看他喔。
剛開始工作時，宮園社長這樣對我說過。
——小六學生比我們想像得成熟多了。
我以前去拜訪客戶時，還有小女生會在客廳的桌底下一直用腳碰我。我問她「有沒有什麼問題」，她還會一臉擔憂地問：「老師有女朋友嗎？」、「如果我要請家教，是片桐老師來教我嗎？」
像她那樣還算可愛的，最近的電視新聞還報導了有小學生參與詐騙。已經開始交男女朋友、甚至做出犯罪行為、戴著小孩面具的大人……和那些孩子相比，像小悠這樣怕生不敢說話的孩子正常多了。

「對了，小悠，你能不能彈首曲子給我聽？」

為了拉近距離，我向他如此提議。

「我也學過鋼琴，所以我很想聽聽看你的演奏。」

「哎呀，挺好的。你不是常練習一首曲子嗎？」

雖然母親也跟著勸說，小悠卻睜大眼睛，用力搖頭。

他的眼神裡充滿了非比尋常的堅決。

「為什麼？」母親再次開口逼迫，小悠還是不肯妥協，而且他今天第一次清楚表達了自己的意見：「絕對不要。」

「你給我收斂一點……」

「對、對不起，是我不該突然提出這種要求。接下來我想請教媽媽，妳對國中入學考試有什麼想法？」

我急忙轉移話題，因為我知道再繼續問小悠也問不出個所以然，反而會惹母親越來越不高興。

「這個嘛……中學六年最好還是在比較好的環境讀書。」

「小悠原本的學校就可以直升到高中，為什麼你們還是想換其他學校呢？原本的讀書環境應該不會太差吧？」

「直升？喔，是這樣沒錯啦，不過既然有更好的地方，當然要選更好的嘛。」

「小悠也是這麼想嗎？」

我一邊說一邊轉頭，剛好和小悠對上視線。他非常認真地凝視著我，好像在訴說著什麼，我反而忍不住先轉開目光。

「或者這只是爸爸媽媽的意見？」

「原本是我們的想法，不過小悠也同意。對吧？」

我沿著母親的視線再次望向小悠，他依然凝視著我。這是怎麼回事？他究竟想告訴我什麼？難道他想說「其實我不想考其他中學」、「都是爸爸媽媽要求的」、「老師，你快發現啊」……

「在國外出差的爸爸也知道妳聯絡了我們公司嗎？」

他們家的夫妻關係可能不太好，但我還是得問這個問題，應該不至於這樣就踩到地雷吧。

聽到我的詢問，母親似乎很訝異地皺起眉頭。

「國外出差？」

「呃，不是嗎？」

「沒有啦，我不太記得在電話裡說了多少……」

「我是這麼聽說的。」

「這樣啊。」母親露出了安心的笑容，但一旁的小悠不知為何表情非常僵硬。

「聽說小悠從小三就開始補習了，他是去哪間補習班呢？」

母親皺著臉孔，歪起腦袋。

「我在電話裡沒說過嗎？」

「呃……真抱歉，接電話的職員沒有告訴我補習班的名稱……」

我試著回想。我應該沒有看漏，也不是看過之後就忘了，而是訊息裡真的沒有提到補習班名稱。真是的，宮園社長，這種時候請您嚴謹一點好嗎？

「很抱歉，可以請妳再說一次嗎？」

「為什麼？我不是說過了嗎？」

「啊？」

「連這點資料都不能妥善傳達，這樣的公司太不可靠了。」

「妳說得是。」

「你請回吧。」

看到場面突然變得這麼僵，我不由得慌了起來。

「請、請等一下，不需要這樣吧……」

「請回吧。我不打算雇用你們的家教。」

她說得沒錯。連客戶來電的資訊都不能妥善傳達的公司確實讓人無法信任，這理由非常充足。無論是多細微的疏失，在跟競爭對手比較的時候都會成為致命傷。說是這樣說，但她也太小題大作了吧？她為了打掃還讓我在門口等了二十分鐘，現在卻如此輕易地把我趕走。

我正在思索要怎麼安撫對方，很意外地聽到了小悠的聲音。

「不要走。」

因為聲音太小，我一時之間聽不清楚，不過那句話確實是小悠說的。

「咦，你說什麼？」

「不要走，片桐老師。再跟我多說一些家教的事……」

小悠懇求似地看著我。為什麼？剛才我問他問題時，他老是不肯開口，為什麼他現在反而幫我說話？這究竟是怎麼回事？

總之我在千鈞一髮之際抓到了浮木，突然翻臉的母親聽到小悠的話似乎也改變了主意，沒再繼續叫我走。

現在的氣氛有些尷尬，但我沒時間繼續拖拖拉拉。

「接下來我會問些比較直接的問題，請妳見諒。能不能給我看一下小悠先前的模擬考成績呢？」

母親和小悠互看了一眼。

「如果有看得出成績進步或退步的資料就更好了……」

「放到哪裡去了呢？」

母親用手指點著下巴，仰望著天花板。

「我得找一下。小悠也一起來。」

他們兩人一起走出客廳，隨即傳來開門關門的聲響，聽起來像是在翻箱倒櫃。但我覺得很奇怪，成績單是考生最重要的資料，他們怎麼會不知道收在哪裡？為什麼還要翻箱倒櫃才能找到？如果桌上那堆文件裡沒有成績單，到底都放了些什麼？

我望向桌上的文件，下面有一本書像是補習班講義，書脊朝向我，上面寫著出版單位「日能研」。那大概是小悠的補習班吧。我沒有問過他，但是多半沒錯。那本書的上方有一張紙凸出來，看起來像是成績單。不就在這裡嗎？我如此想著，一點一點地抽出那張紙。為了不弄倒文件，我拉得很慢、很小心。「小學五年級八月公開模擬考」的字樣逐漸出現在我眼前。搞什麼，原來是去年的。我一看就放開紙張。

這時母子倆正好翻完屋子，回到客廳。

「對不起，我忘記成績單放在哪裡，沒有找到。我最不會整理東西了，真沒用。」

「這樣啊。」

真的很不對勁。她就是因為孩子九月模擬考成績太差才會聯絡我們公司，怎麼可能找不到九月的成績單？她應該是一見面就拿出成績單說「就是這個！你看看！」才對吧。

之後的談話仍是不得要領。星期幾上補習班、沒補習的日子是怎麼在家自習的、週末假日都是怎麼過的……無論我問什麼問題，都得不到明確的答案，小悠還是一樣不說話，而母親只會含糊地回答「我也不確定」、「要問我先生」、「不要老是讓媽媽回答」、「你自己說啦」。

我能確定的只有兩件事，那就是這位母親很愛發脾氣，以及小悠很膽小。現在不是推銷家教的時候，我們根本還沒進入那個階段。

「不好意思，可以借一下洗手間嗎？」

這種頻頻碰壁的感覺讓我快要撐不下去了，我需要轉換一下心情。正當我準備起身時……

「啊，等一下！不行！」

母親站起來大喊，桌上的文件都被震垮了。

「不行，先等一下！」

我還沒站直身子，又驚愕地坐下來。

「怎麼了嗎？」

借洗手間又不是什麼失禮的行為，母親卻相當抗拒，而且她的神態很不尋常，雙眼充血，呼吸粗重。

她回過神來，一臉抱歉地低著頭坐下。

「對、對不起，突然這麼大聲說話。」

「沒關係啦，沒什麼大不了的……」

「我忘記馬桶塞住了。我一想到你要是去用洗手間就糟糕了，所以才忍不住大喊……」

「這樣啊。」

「如果你很急的話，可以去附近的公園。」

「沒關係，我沒有那麼急。」

尿意我還忍得住。相較之下，充斥於這個家庭的異樣感更讓我難以忍受。

把散亂一地的文件放回桌上以後，我就上起了體驗課程，這是為了摸清光憑成績單還看不出來的學生實力，也是為了讓客戶了解上課的情況。只要能讓學生感覺到「比我想得更愉快」，簽約成功的機率就會大幅提升，因為家長看到孩子有心學習絕不可能不支持的。

「那我們就開始吧。小悠平時都是在哪裡讀書呢？」

「我都是在自己房間……」

小悠指著二樓說道，但母親卻插嘴說：

「不，片桐老師，請你在這裡上課，我也想看看上課的情況。」

「我明白妳的意思，但是這樣和之後正式上課的氣氛就不一樣了……」

「請你在這裡上課。」

母親表現出不容反駁的魄力，但我也不會輕易讓步。

「小悠也覺得媽媽在旁邊看沒辦法專心吧？」

小悠頻頻點頭，但母親還是不肯放棄。

「決定要不要簽約的是家長。今天請在我面前上課。」

毅然的態度。鋼鐵般的意志。在母親的監視之下很難講課，但她既然這麼堅持，我也不好繼續反對下去，要是她又趕我走，這次我大概非走不可了。

「我知道了，那今天就在這裡上課吧。」

小悠似乎很期待能短暫地擺脫母親，聽到這句話就失望地垮下肩膀，默默拿起自動鉛筆。

我見狀也重新坐正，輕鬆地對他笑著說：

「對了，小悠平時會出去玩嗎？」

這是上課前的破冰。聊聊課業以外的事，讓學生放鬆心情，也是重要的一環。

「我來你們家時看到附近有一座公園。」

「嗯……」

「你會去玩什麼？」

「足球、棒球。和學校的朋友一起……」

「這樣啊。你有想過上國中以後要參加什麼社團嗎？」

我一邊聊著無關緊要的話題，一邊從包包裡拿出一張紙。

紙上印的是數學應用題，每種難度各三題。

「好，你先做第一題看看。沒有提示喔。」

這是標準的雞兔同籠題目。有百圓及五十圓兩種硬幣，目前已知總金額和硬幣數量，要算出兩種硬幣各有幾枚。到了小六的十月如果還解不出這種問題就危險了。小悠的自動鉛筆寫個不停，母親在一旁仔細看著，我沉默地坐在母子對面。客廳裡充滿了緊張感。

小悠終於停筆。我望向他的手邊，算式只寫了一半。

「嗯？答案不是快要算出來了嗎？」

如果所有的硬幣都是一百圓，總金額會多出兩百五十圓，只要再把這個數字除以一百圓和五十圓的差就能算出來了。

「有哪裡想不通嗎？」

可是小悠握住的自動鉛筆就像結凍似地一動也不動。

「為什麼不懂呢？」母親很不高興。「這不是很簡單嗎？你看，只要把兩百五十……」

「不可以喔，媽媽。」

我忍不住大聲說道。正想從小悠手上搶走自動鉛筆的母親睜大眼睛，當場呆住。

「幹麼啊，我正在說話……」

「這是小悠第一次和家教相處，而且媽媽還在一旁看著，他一定是因為太緊張，以致本來會寫的題目都寫不出來了，所以請妳不要再增加他的壓力，也別再罵他了。」

母親的臉頰氣到微微地抽搐，但她也沒再說什麼。

我又看了看小悠的手邊。正當我們還在爭執的時候，他已經寫好答案了。

「咦？怎麼會？為什麼是……」

紙上大大寫著「110圓」。題目明明是問有幾枚硬幣，而且硬幣只有一百圓和五十圓這兩種，十位數怎麼會出現「1」呢？

我完全摸不著頭緒，只能從頭開始講解。

「……就像這樣。那麼兩百五十除以一百和五十的差是多少？」

「五十圓硬幣有五枚？」

「答對了。你明明算得出來嘛。」

算得出來是正常的，他可是準備報考三大私立男校，如果連這麼簡單的題目都算不出來就完了。我根本無法想像是經過怎樣的思路才會想出這種結論。

「接著做第二題吧。」

我難以釋懷地進到下一題。這次是比較困難的工程問題：太郎獨自一人工作要三十六天才能做完工程，次郎和花子合作只要花十二天，後續又提供了幾個條件，要計算的是「花子獨自一人要幾天才能做完」。有幾種不同的計算方式，標準步驟都是把工作量設定成「1」，所以太郎一天的工作量是三十六分之一……

「算好了。」

小悠放下筆。我望向答案，再次懷疑自己看錯了。

因為他寫的是大大的「110 天」。仔細一看，紙上並沒有寫出任何算式，只有這個憑空出現的數字。

「你到底在搞什麼，亂七八糟！」

母親終於爆發，一拳搥在桌上。

「給我認真一點！」

可是小悠不為所動，還是直勾勾地注視著我。就像先前一樣，彷彿要告訴我什麼……

我不理會歇斯底里吼叫的母親，默默地思索著。這是怎麼回事？小悠到底打算告訴我什麼？我一點都不明白。想也想不出來。毫無邏輯的數字。好像再怎麼想都沒用。

「我該從哪裡開始講解呢……」

我放棄繼續思索，正要講解題目時，不經意地望向那堆文件。先前因為我要借洗手間的事而震垮，之後又堆了回去。文件的順序已經改變，現在放在最上面的是「小學五年級八月公開模擬考」。完全暴露出來的真實成績。雖然是一年前的成績，還是能當作參考。小悠擅長的國語的偏差值是六十三，還不錯嘛。數學的偏差值是四十九。不過看他剛剛答題一再寫出「110」，我以為他的成績應該更差……

就在此時，我的視線聚焦在某一處。我一時之間無法理解寫在那裡的「文字」是什麼意思，只覺得頭腦混亂，心跳加速。

——咦？怎麼回事？

下一瞬間，我靈光一閃，背脊同時冒出一股寒意。

就像打開了開關，我至今注意到的所有不對勁的事情一件件地浮上心頭。牛頭不對馬嘴的談話、出乎我意料的那些反應、因為兒子不說話而發怒的母親、小悠像是在訴說什麼的眼神、無法借用的洗手間、摔碎的花瓶、遲遲不脫下的橡膠手套、小悠一再寫出的「110」……

——不會吧……

我故意用手肘撞倒桌上的茶杯。

「啊，對不起。」

母親慌張地喊了一聲「哎呀」，倒在桌上的茶水逐漸擴散。

我趁這時偷偷檢查了拖鞋的鞋底。

——這、這是……

我額頭冒汗，雙手發抖。白色的鞋底隱約沾著血跡。我偷偷在桌底下拿出手機，叫出通訊APP。母親去廚房拿抹布了，要做只能趁現在。我用flick輸入法迅速地打字（註3），把關乎生死的求救信號傳送給宮園社長。

『救命！矢野家的母親是假的！快報警！』

*

「這次都是多虧了片桐先生。真的非常感謝你。」

見面地點是新宿的咖啡廳。我一坐下，對面的男人立刻鞠躬致謝。他叫矢野慎一，四十二歲，在製造家電的大公司上班，也是新百合丘主婦謀殺案的受害者矢野真理的丈夫。這一天，他向我敘述了案件的完整內容。

3　用滑動的方式直接點選平假名，按鍵的次數會比羅馬拼音輸入法更少。

「沒有啦，我又沒做什麼……」

「的確，案件遲早會被發現，不過都是多虧了你，警方才能這麼快就抓到桂田。」

矢野慎一提到的「桂田」是桂田惠子，她就是殺害矢野真理的凶手，也是我一直以為是小悠母親的那個人。

讓我看穿她的關鍵是那張「小學五年級八月公開模擬考」的成績單。成績單上的姓名有標出讀音「Yano Haruka」，才讓我發現眼前這個女人不是小悠的母親，而是個冒牌貨，因為真正的母親聽到別人叫錯自己兒子的名字絕對不會毫無反應。

——小弟弟是叫『Yuu』吧？

多虧了小悠急中生智給出肯定的答案，如果他當時糾正我「要讀作Haruka」，或許我直到最後都不會發現。

如今回頭再看，他那些奇怪的舉動全都說得通了。我問問題時他老是緘口不語，那一定是為了迫使桂田回答，好讓她自己露出馬腳。他一再寫出「110」的數字也是在暗示我報警。

「桂田夫妻是在半年前搬來的。我的妻子和桂田太太之所以結怨……」

矢野先生娓娓道出過去的淵源。

「聽說是因為倒垃圾的事而鬧翻。一切都是從那裡開始的。」

桂田太太出去倒廚餘，矢野先生的妻子真理見狀就批評：「在這個時間倒廚餘違反了規定」、「最近經常看到沒有做好分類的垃圾，一定是妳丟的吧」、「打開袋子給我看看，裡面一定有寶特瓶之類的回收物」。兩人吵了起來，在爭執之中扯破了垃圾袋，裡面的東西都掉了出來，所以我才會看到房子前面到處散亂著廚餘。

「我妻子想回家，桂田太太卻追著她不放，叫她收斂一點，說自己快要忍不下去了，我妻子不理她，逕自開了門，桂田太太就趁機闖進去。後來的詳細情況我也不清楚，聽說是我妻子無意說了一句刺激到桂田太太的話，好像是在嘲諷她沒有孩子，所以……」

矢野先生咬住嘴脣。

「桂田太太一氣之下抓起客廳的花瓶砸在我妻子頭上，掉落的花瓶碎片刺進了她的胸口。」

在這慘不忍睹的案件發生時，小悠不巧回到了家，這時母親已經斷氣，桂田一看到他就嚇得大叫。我聽到尖銳的女人叫喊就是這時的事。可是小悠一定比她更驚恐，我無法想像他看見母親的死狀時心中有何感受。

「這時你正好登門拜訪，桂田太太本想裝作沒人在家，但她從對講機的鏡頭裡看見你在打電話，就急了起來，心想你或許是早就約好要來的，自己不露面可能會讓你起疑。桂田太太害怕自己殺人的事曝光，就決定冒充我的妻子真理。」

——順便問一下，片桐老師是第一次來我們家嗎？

那句詢問隱藏了她的用心。如果是第一次見面，或許還蒙混得過去。桂田太太懷著這種心思，在我等待的二十分鐘內趕緊收拾現場，先把屍體藏在洗手間，清除了地上的碎花瓶和血跡，又叫小悠收走客廳裡所有的家人照片，自己趁這時間整理衣著，譬如穿上圍裙遮掩血跡，戴橡膠手套是因為沒空清洗手上的血汙，也是為了避免留下更多指紋。這些事情已經夠嚇人了，最令我感到毛骨悚然的是她竟然還讓小悠幫忙做這些事。

——如果你敢逃跑，或是有什麼不軌企圖，你也會遭到同樣的下場。

在桂田太太的威脅下，小悠只能乖乖聽命行事，幫她一起藏匿屍體，親自收起家人的照片，然後洗掉身上的血汗，所以他出現時才會像是剛洗完澡的樣子。

小悠不可能沒機會逃走，但若換成是我，大概也會聽從她的命令吧。基於無比的恐懼，以及絕望。

——不要走，片桐老師。再跟我多說一些家教的事……

他開口挽留我的時候，必定鼓起了極大的勇氣。

後來的發展就像先前所述：她聽到我畢業於麻布中學卻毫無反應、堅稱已經在電話裡說過補習班名稱並以此為由趕我走、去找成績單卻空手而回、拚命阻止我去洗手間、體驗課程時堅持不讓我和小悠獨處。若是桂田太太害怕被發現殺了人而冒充母親，這些事全都說得通了。

矢野先生講完了事情經過，然後望向窗外。

我也屈身前傾，拿起咖啡杯。

這些就是案件的真相。悲劇發生了，但終究還是解決了。

正當我這麼想之時……

「不過，還有一些片桐先生不知道的事。」

我本來已經放鬆下來，聽到他這句話又繃緊身體。

「什麼意思？」

「我會請你專程來一趟，就是因為我必須親口告訴你這件事……」

我的心臟狂跳，全身冒出冷汗。

充滿緊張的沉默。片刻以後，矢野先生才開口說：

「其實當時屋內沒有我的家人，一個都沒有。」

我還以為自己聽錯了。

我完全不懂他這句話是什麼意思。

「這、這是怎麼回事？」

「我家的小悠半年前就過世了。」

「啊？」

「他在放學回家途中被一輛闖紅燈的貨車撞到，當場死亡。」

這一刻我猛然想起布滿灰塵的椅墊。丟在一旁沒有人騎的腳踏車。原來不是因為準備考試才沒時間騎？

「怎麼會……」

「在那之後，我妻子開始變得不太正常。」

孩子沒有死，現在還和我們生活在一起。妻子真理如此深信，依然每天為小悠準備便當，為他洗沒穿過的衣服和內褲，晚餐擺出三人份的餐具，甚至去參加小學的教學觀摩。

她和鄰居也是從那陣子開始發生糾紛的，尤其是桂田太太，兩人不知道吵過多少次，她還曾經大罵「吸塵器的聲音太吵了，這樣我兒子要怎麼專心讀書啊？馬上給我停下來！」。桂田夫妻在她開始失常的時候搬來，只能說是運氣不好。

「我妻子一直幻想小悠還活著，她打電話去你們公司也是因為這樣。」

——因為他九月全國模擬考的結果太爛了，家長覺得有必要補救。

我想起了宮園社長對我說過的話。

「我沒辦法幫小悠舉行葬禮，鄰居自然不知道這件事，而且桂田太太是半年前才搬來的，她沒有和小悠見過面，所以突然看到一個男孩跑進來就以為是小悠……」

矢野先生拿出一張全家福，照片上的夫妻二人之間有一位白白淨淨的眼鏡少年，柔順的黑髮長到蓋住耳朵，怎麼看都不像我那天見到的「小悠」。

「那麼我看到的到底是誰？」

我仍未消化眼前的事態，但還是提出了理所當然的疑問。

「好像是住在附近的小學生吧。是警察告訴我的。那孩子只有小六，和小悠同年齡。」

我想起了幾個場面。

首先是我要求他「彈首曲子給我聽」的事，當時他非常抗拒演奏，我本來以為他只是正當叛逆期，但我猜錯了，他是不會彈鋼琴才那麼堅決地拒絕。勉強維持的假象眼看就快被打破了，到時桂田太太恐怕會驚慌又暴躁地再次痛下毒手……

再來就是體驗課程開始前的破冰，我問他會不會去附近的公園玩，他是這麼回答的：

——足球、棒球。和「學校的朋友」一起……

當時我沒有注意到，小悠讀的是東京的私立小學，不是本地的公立小學。他一定有住得很近的童年玩伴，平時可能也會跟他們一起去公園玩，但附近不可能有「學校的朋友」能陪他一起踢足球或打棒球。這是他唯一犯的錯誤。

最後是我提到他的父親在國外出差。

——在國外出差的爸爸也知道妳聯絡了我們公司嗎？

當時我不知道他為什麼會表情僵硬、全身緊繃，現在我才明白，他本來可能期待一直拖下去就能等到「父親」回家，聽到我說出那句話，他才發現「一家之主不會回來」，所以後來他才會鼓起勇氣把我留下來。

——不要走，片桐老師。再跟我多說一些家教的事……

看著矢野先生一臉沉痛地敘述，我什麼話都說不出來。

「最令我驚訝的是，聽說那孩子是闖空門的慣犯。」

我的腦海又浮現了另一個畫面：公告欄貼著「闖空門案件頻傳」的海報。打開一條縫的後門。車內廣告的新聞標題。沾染犯罪的小六學生。

「他從後門溜進屋內，正好撞見了凶殺案，凶手還把他當成這個家的孩子。他害怕自己輕舉妄動也會被殺死，只能先聽從對方的命令，準備伺機逃跑。他在情急之下想到的事就是這樣。」

「我問他是不是叫『Yuu』，他回答『是的』……」

「我不確定他知不知道我兒子的名字，我唯一能確定的是，在當時的情況下，回答『是的』才是最安全的。」

——你可別因為對方是孩子就小看他喔。

——小六學生比我們想像得成熟多了。

宮園社長說得沒錯，他能在危急之中做出如此冷靜的判斷，連成年人都自嘆不如。

「話說回來，一般人也不會想到出現在眼前的竟然不是這一家的人……」

當天晚上，我的手機發出了收到訊息的震動。

我點開訊息，傳送者是宮園社長。

『篠原裕紀，十二歲，預約面談時間……』

我沒有看完就馬上回覆。

『請先告訴我名字的讀音。其他的事以後再說。』

想做

我正準備要「外帶」。

不用說，我指的不是速食店的漢堡套餐，也不是居酒屋最近開始供應的外帶便當。

我指的當然是女人。

男人都是笨蛋，一旦走到這一步，就會覺得什麼都不用在乎了，包括第一站精釀啤酒專賣店的帳單、第二站酒吧的帳單，還有後來的計程車車資。無論先前花費了多少金錢時間和精力，全都是必要的步驟，不得不為之的犧牲。只要走到這一步，一切都值得了。

「哎，我喝得太多了。」

真奈彷彿完全沒察覺男性的這種心思，一下計程車就挽住我的手臂。現在已是九月下旬，非常寒冷。現在時間是凌晨一點半。

陷入沉睡的住宅區像是另一個世界，夜空降下了暫時的安息、對明天的希望，又或者是一抹憂鬱，如海洋雪逐漸累積在城市一角。這「深海之下」只有我和這個女人。

——都這個年齡了，我到底在搞什麼啊。

三十二歲，單身。她是這樣以為的，其實我已經四十二歲了，而且還有家室。「遭天譴」這句話和女兒的臉龐同時浮現在我的腦海。啊啊，我心愛的美雪，請妳一定要原諒爸爸做出這種事。是啦，我也知道自己做了壞事，真的啦，我沒有說謊，可是都走到這一步了，叫我要怎麼收手呢？肉都到了嘴邊哪有不吃的道理。啊啊，我心愛的美雪，請妳一定要原諒爸爸做出這種事……

不管我在心中默念多少次，對方也聽不到我的辯解。就算是作為補償吧，我向真奈問道「要買水嗎？」。

「不用。快到家了，沒關係。」

「喔，好吧。」

我回答時發現了一件事，她只是假裝喝醉，其實她清醒得很。為什麼我會知道？因為我下計程車時看見了她冰冷的表情，冷到讓我不禁背脊發涼。

「嘿，你做這種事多少次了？」

勾著我手臂的真奈撒嬌似地抬眼瞄著我，剛才那副面具般的撲克臉彷彿不曾存在過。她說的「這種事」應該是指「用交友APP約女人出來，當天就一起過夜」。如果我說是第一次，她絕對不會相信，誇大地說一百多次也很幼稚，所以我老實地回答：

「應該是第七次吧。」

「你都有在數啊？」

真奈笑著說「你真是個玩咖耶」，一邊更加靠近，還故意把豐滿的胸部貼在我身上。是因為她誘惑得太明顯嗎？這樣彷彿是在嘲笑我「男人一定都很愛這套」，讓我非常地不悅。如果這女孩的父母看到她這麼不知羞恥的模樣會說什麼呢？一想到我心愛的美雪或許也跟某個大叔做了這種事，我就反感到想吐。

從大馬路轉入小巷，走了三十秒左右，真奈停下腳步。「到了，就是這裡。」她指著一棟小巧漂亮的建築物，像是最近流行的建築師設計大樓，五層樓，大約有三十戶。鑲嵌玻璃的入口大廳也很時髦，屋齡看起來挺新的，對於二十幾歲的獨居粉領族而言算是非常高檔了。

我們搭電梯到四樓，走到第四間的404號房。門口沒有掛門牌。我本來以為真奈會叫我給她三分鐘收拾一下，結果她卻直接帶我進屋。

「請進。」

「打擾了。」

房間格局是普通的套房，一進門的右手邊就是浴室兼洗手間，左手邊是廚房，角落擺著滾輪式洗衣烘衣機，說得好聽點是很整潔，其實只是東西很少，形容成「光禿禿」還比較貼切。

「地方很小，可能沒辦法讓人舒適地休息……」

四坪大的房間裡最顯眼的是正前方的大片窗戶，目前遮住象牙白的窗簾，可以想見平時採光一定很好。壁紙也是和窗簾一樣的白色，右側牆邊有一張單人床，床上靠近天花板的地方有一臺空調，讓我不禁擔心若是她在睡覺時發生地震該怎麼辦。左側牆邊的鐵架上擺著相框、盆栽、疊好的衣服以及洗衣籃，此外還有放液晶電視的矮桌、大型的飲水機，以及全身鏡。木質地板在這個季節裡稍嫌冰冷，不過房間中央有一張圓形的蓬鬆長毛地毯，坐起來應該很舒服。地毯上的圓桌擺著面紙盒，一旁擺著印上漂亮手寫體「KEEP CLEAN USE ME」的鋁製垃圾桶，還有一個用來代替沙發的巨大懶骨頭坐墊。空間確實不大，不過清一色的白色家具感覺很協調，顯示出了屋主的品味。

「總之你隨便坐吧。啊，那個給我。」

真奈拿著我的外套和帽子走出去，大概是掛在玄關的衣帽架吧。我依照她的指示坐在懶骨頭坐墊上，垃圾桶就在伸手可及之處，所以我隨手拉過來一看，裡面有個壓扁的CHU-HI雞尾酒空罐。這是她前一晚喝的嗎？

我閒著沒事做，又繼續打量房間。床鋪裝飾得很漂亮，枕頭旁放著沒有連接任何電器的延長線。看到這東西我才想到手機快要沒電了。我沒打算在這裡待到天亮，所以我最好趁現在盡量多充一些電。我朝著浴室喊道「可以借一下插座嗎？」，立刻聽到真奈回答「好啊」，我把隨身攜帶的充電器插進延長線，接上手機。我瞄了螢幕一眼，看見**「收到一條訊息　奈奈子」**的通知，是妻子傳來的。我已經跟她說過今天會晚點回去，她傳來的大概是「晚安」或「剩下的晚餐放在冰箱」之類的小事，一直未讀可能會令她起疑，所以我還是立刻打開訊息來看……

「美雪說今天也要住在加奈子家。」

這一刻，我頓時想起了不愉快的回憶。

令我無法忘懷的情景。那大概是距今半年前的事。

——老公，你看看這個。

妻子奈奈子皺緊眉頭、一臉擔憂地對我說道，她的手裡拿著一個ＬＶ側背包，尺寸不大，圓滑的輪廓很可愛，看得出來價格不便宜。

——這是在美雪的房裡找到的。

聽到妻子這麼說，我依然沒有會意過來。美雪目前是大三學生，年輕女孩有一兩個名牌包也不是什麼奇怪的事，妻子何必這麼大驚小怪……

——你知道這個包包值多少錢嗎？

妻子口中說出的數字高到離譜，我聽了不禁瞪大眼睛。

——而且還不只這一個。

我跟著妻子走到美雪房間一看，吃驚得什麼話都說不出來。到處都是名牌包，堆成一座又一座的小山……

——你還記得嗎？美雪之前吵著說耳環不見了。

我一聽就想起來了，幾天前美雪確實在洗臉臺前大吵大鬧，說她掉了一只耳環，問我們有沒有看到。

——那是寶格麗的，一對要價將近十萬圓。

妻子在美雪嚷嚷時察覺到「不太對勁」，看見美雪今天不在家，就忍不住去她房間搜索。

——那些東西不是學生靠打工就買得起的。

接下來妻子說的推測簡直讓我想要搗起耳朵。

她懷疑美雪可能找了乾爹——就是跟有錢有閒的男人約會，藉此獲取財物。

——前陣子我在她滑手機的時候從後面偷看。

妻子看見了美雪手機螢幕上出現了一張張的男人照片，她不斷把照片往左或右拖曳，有時快到像條件反射，有時會猶豫一下。

——我想那應該是交友APP。

我知道有那種軟體，我也知道那東西通常不是用來跟異性正常認識交往的。會用那種軟體的人都是在找一夜情的對象，或是在找願意提供經濟援助的「乾爹」……但為什麼偏偏是美雪？不可能的。我不相信。嬰兒時期的她如同降臨在人間的天使，小學時代教學觀摩時，其他孩子都不理自己的家長，只有美雪會自豪地向同學介紹「那是我爸爸喔」，讓我非常驕傲。雖然她國高中時期有一點叛逆，但她現在還是會跟我一起出去逛街購物，我給她的零用錢也不比別人家少，她怎麼可能做出這麼不檢點的行為……

——最近美雪越來越常去朋友家過夜，天亮才回來。

別說了，我不想再聽下去了。
——要怎麼制止她呢？
——如果直接訓話她也不會聽吧……
我咂著舌放下手機時，真奈回到了房間。
她還沒有卸妝，但穿著換成了家居服，看起來更放鬆了，就算我不刻意去想，也會不自覺地意識到接下來的發展。
「要不要先去沖個澡？」
聽到真奈突然這樣提議，我忍不住回答「啊？」。這未免發展得太快了……我沒打算先培養氣氛，倒不如說我更慶幸能快一點。我不喜歡把時間浪費在無意義的對話上，我更想要快點把該做的事做完，快點得到清閒……
真奈不知是否看透了我這種「心思」，硬生生地換了話題。
「啊，我來泡咖啡吧，你要喝嗎？」
她明明這樣問我，但是沒等我回答就拿起杯子去飲水機裝熱水。蒸氣從杯中裊裊上升，我心想醉酒的時候應該比較適合喝冷飲，但我也懶得特地開口提醒。對了，她說不定根本沒有喝醉。

「咖啡就不用了。我先去沖澡。」

「浴巾在洗衣機裡。」

我走出房間，望向玄關旁的滾筒式洗衣機，裡面有兩條已經烘乾的浴巾，於是我便依照真奈的指示拿出一條，走進浴室。我沒搭理她的提醒「要上廁所的話請坐著用喔」，反手關上門。

——好啦。

終於能稍微喘息一下了。接下來還有「最後的工作」，不過都已經走到這一步了，後面不過就是跑跑流程罷了。要說我一點都不興奮那是假的，但是比起想方設法「外帶」的心理戰，此時激發的腎上腺素簡直少到可憐。話雖如此……

仔細想想，我今天完全沒遇上任何危機，硬要說的話，只有在第二站的酒吧聊到最近動盪社會的「交友APP凶殺案」時氣氛變得有些不對勁，除此之外，整個外帶過程大致上都很順利，幾乎算是完美。我為了消解一天的辛勞大大地伸起懶腰，脫下沒有度數的黑框眼鏡和口罩。我畢竟是有家室的人，如果被人撞見和年輕女孩走在一起恐怕會惹出麻煩，所以我在這種時候都會遮掩一下。

浴室裡除了浴缸和馬桶之外，還有一組洗臉梳妝臺，洗臉盆周圍擺著一些卸妝水和化妝品之類的瓶瓶罐罐，一支插在漱口杯裡的牙刷，一管用了大半而扁塌的牙膏，還有一支燙頭髮的離子夾。總之就是普通獨居女性的洗臉臺。我不經意地打開化妝臺附設的收納櫃，裡面除了吹風機、頭髮噴霧和香水以外，沒有什麼東西會特別引起我的注意。

我脫下衣服站在鏡子前，看見稍微捲曲的半長褐髮和結實得不像四十歲的軀體。我也知道，自己的模樣就算看在年紀小我一輪半的女孩眼中想必還是很有魅力。

——這種感覺是怎麼回事？

或許是因為發展得太順利吧，但我覺得不只是這樣，還有一種更根本的、不知所以的「異樣感」，但我始終摸不清那種感覺。

我一邊尋思，一邊踏進浴缸，轉開水龍頭，眼前的蓮蓬頭噴了我一臉冷水，我因驚嚇和寒冷而發出「咿」的驚呼。

——真是的，振作一點。

我調整了溫度轉輪，又在升降滑桿上調低蓮蓬頭的高度，不斷地告誡自己「冷靜點、冷靜點」、「什麼事都沒有，你想太多了，真蠢」，但我越想說服自己，那種無法釋懷的感覺就越強烈。

所以我再次回顧起今天整個行程的經過。

＊

約定時間是晚上八點，地點在JR惠比壽站西門票閘前。

我用 **APP** 的訊息功能送出一句**「到了嗎？」**，立刻收到**「是的，我穿黑色毛衣」**。她的資料寫著身高一五二公分，如果她上傳的照片是最近拍的，那她應該頂著一頭華麗的鮑伯捲髮……

——是那個人嗎？

我只看到一個符合所有特徵的女孩。

「妳是真奈小姐嗎？」

我走過去問道。她在 **APP** 上使用的名字是「真奈」，這不一定是本名，其實就算不是本名也無所謂。原本正在滑手機的女孩抬起頭，露出微笑向我點點頭。她的容貌最突出的地方是與白皙肌膚互相輝映的淚痣，以及直挺漂亮的鼻梁。

「你是……健斗先生？」

我用的名字「健斗」當然也是假名，為了避免暴露本名，我把所有身分證件都放在家裡。考慮到我準備要做的事，當然得事先做好危機管理。

「你好，讓你久等真是抱歉。」

「不會不會，今天還請多多指教。」

她的資料寫著年齡二十三歲，從皮膚和頭髮的質感來看，實際年齡應該不會差太多，雖然她本人比照片胖了一點，但還不至於誇張到讓人想要大罵「這是詐騙！」，或許是因為貼身毛衣和及膝緊身裙強調出胸部和臀部的曲線，她的外表形容得委婉點就是「很誘人」。妝太濃對我來說是扣分項目，不過她強調眼線的大眼睛、符合潮流的粗眉、豐腴的嘴唇，看起來都像是輕浮的女人，更重要的是……

——和美雪好像。

我不禁苦笑。大概是髮型和體型相似的緣故，她跟美雪的整體風格簡直像一個模子印出來的。我每次選的女孩都是這種類型，何必突然開始感嘆？但我還是不禁感到羞恥。

其實我只是想表達……

——中獎了。

我只見到她幾秒就做出了這個結論。最近約出來的女人老是「跟想像的完全不一樣」，所以我不自覺地變得更有幹勁了。

「那我們走吧。」

「好的，真期待。」

聯繫我和真奈的橋梁是「TiAmo」——這是剛推出一年就攀升到業界第一名、時下最熱門的交友APP，用戶超過一千萬人，聽說有不少人是透過這軟體而交往結婚的。這APP最大的特徵是「連約會都很方便」，只要配對成功之後照著APP的指示選擇店家和日期，就能立刻訂位。換句話說，使用者可以跳過自我介紹那些固定的麻煩程序，直接跟人約出去見面。

我們也是勾選了APP推薦的店家——「CHIDORIASHI BEER WORKS」精釀啤酒專賣店，於是就有了今天的約會。APP之所以推薦這間店給我們，或許是因為我們在個人資料中的「飲酒頻率」都是勾選「經常」，喜歡的酒也都是勾選「啤酒」。

「歡迎光臨，您是預約兩位的鈴木先生吧？」

我們在無關緊要的閒聊之中來到了這間店，隨即被帶到店面深處的吧檯轉角的座位。我正想坐下時，她卻說「我是左撇子」，坐到我的左前方，這樣在舉杯喝酒的時候，彼此的手才不會撞在一起。這只是一件小事，但她的細心值得加分。

「健斗先生常喝酒啊？」

「嗯，是啊。我的酒量不太好，不過很喜歡喝。」

我一邊坐下，一邊摘下帽子和口罩。我不太想讓人看到自己的真面目，但這種時候只能妥協。

「是嗎？你看起來很會喝耶。」

「真奈小姐才像是經常參加飲酒會呢。」

「別人常常說我看起來很愛玩，其實我根本不是那種人。」

雖是無聊到可笑的對話，但我不能忽略這些沒有建設性的互動，只有慢慢累積踏實而無趣的你來我往，才能逐漸把氣氛推向高潮。

「我們來乾杯吧。」

「辛苦了！」

叮。伴隨著這聲輕快的聲響，戰爭拉開了序幕。說是這樣說，其實這和一般的約會沒啥兩樣，都是藉著美味的佳餚和酒精的力量在對話之間拉近距離，所以我依照慣例，在先鋒戰裡徹底扮演聆聽的角色，第一招就是詢問出身地。

「真奈小姐是關東人吧？」

「不，我是在福島縣出生的，高中畢業之後才到東京……」

她考進了東京的某所女子短大（學校名稱要保密），目前出社會兩年了，正在某間服飾公司（公司名稱也要保密）擔任會計。她的公司就在惠比壽，今天是下班後直接過來的。

「啊，我的頭髮沒亂吧？」

「唔，沒有吧……怎麼了？」

「我今天睡過頭一個半小時，差點就遲到了，髮型和化妝也只能盡快地隨便弄一弄。」

真奈似乎很在意，不過她那如同畫著S字般充滿律動感、俗稱「S型捲髮」的髮型完美無缺，為她增添了一股柔媚的女性氣質。如果這髮型是她自己做的，技術確實很不錯。

「難道妳平時化妝做髮型要花一個半小時？」

「怎麼可能嘛，我化妝只需要五分鐘。」

「那妳早上還要做什麼？」

「吃早餐，做伸展操，喝起床後的溫開水……」

「起床後的溫開水？簡直像模特兒呢。」

「我很推薦喔，聽說對美容和健康很有幫助。不過今天完全來不及煮開水，我什麼都沒吃就衝出門了。起床十分鐘之內就出門了，很厲害吧？不過真是餓壞我了。」

不過妳的妝還是畫得很精緻啊。我的腦海中冒出這句不客氣的吐槽，但我當然不可能說出口，而且我隨即想到她在午休和下班後還是有時間補妝。

「既然如此，妳就多吃點吧。」

「那我不客氣囉。」

後來我們聊的話題主要是她日常生活的各種堅持，譬如回家之後不管多累都一定要卸妝，而且她絕對不會穿著外出的衣服直接躺上床，她都是趁睡覺的時候洗衣服，這樣到早上就會烘乾了，還有她很在意洗髮精和潤髮乳瓶底殘留的部分，所以會仔細洗乾淨……諸如此類。要是問我感想，我還真不知該怎麼回答，總之她應該是個認真又神經質的人，而且比我想得更能幹。

「妳的興趣是？」

「泡咖啡廳、看電影、上健身房……」

但她最近比較懶得健身，倒是花了不少時間下廚，像是從頭開始做嫩煎白肉魚，或是買陶鍋回來用講究的方式煮飯，做了各式各樣的嘗試。

「真意外，妳看起來好像完全不會下廚的樣子。」

「是嗎？那我改天煮給你吃吧。」

「咦？喔，這樣啊，謝謝妳……」

大部分的男人聽到女人喜歡下廚都會客套地說一句「希望有機會吃到妳親手做的料理」，但我沒想到她會說要做給我吃，讓我有點吃驚。此外，我們才剛進店裡二十分鐘，她如此熱情確實是好預兆，但我總覺得有些不對勁。

「妳有兄弟姊妹嗎？」

「你猜猜看？」

聽到這種完全無法引起興趣的謎題，我想都不想就隨便亂猜「有哥哥？」。

正確答案是三姊妹，真奈是最小的，兩位姊姊都已經結婚，還有了孩子。

「我已經是阿姨了呢。」

真奈不情願地笑了笑，接著用流暢的動作按了呼叫鈴叫來店員，這時我才看到她的杯子已經空了。她喝酒的速度好快。我也一口喝光自己的啤酒，一邊思索破冰已經破得差不多了，應該要更進一步了。

「妳是從外地搬來東京的，也就是說妳一個人住？」

如果問這個問題的時機挑得不好，可能會被蓋上「猥褻」的烙印，但我們已經在喝酒了，應該沒問題吧。

「是啊。」

「靠近哪一站？」

「自由之丘。」

學校和公司的名稱都要保密，居住的地方卻這麼大方地說出來？我一邊苦笑一邊計畫接下來的發展：從惠比壽搭計程車很快就能到達自由之丘，除了去旅館之外，她家也是可以考慮的選項之一。算了，我對辦事的地點不挑剔，所以還是看對方的態度和當時的氣氛來決定吧……

「啊，你是不是正在那樣想？」

「哪樣想？」

「離惠比壽很近。」

她撐著臉頰，像是看穿我心思般地瞇著眼睛，在店裡昏暗的燈光之下顯得格外成熟，她跟我女兒美雪年齡差不多，卻有這麼性感的一面，讓我不禁疑惑她到底有過怎樣的人生經歷。不過現在是「試探的階段」，與其假惺惺地否認，還不如爽快地承認。

「嗯，我正在想希望妳家的牆壁夠厚。」

「哎呀，討厭啦。你壞死了。」

真奈做作地皺起眉頭、噘起嘴巴，但她看著我的眼神卻變得更熾熱，害我越來越搞不懂她了。我對她的第一印象只是很輕浮、很容易得手，聽到她日常生活的堅持之後，讓我發現原來她也有認真和嚴謹的一面，但我才剛對她改觀，她卻對我的下流發言表現出好感，還用熾熱的目光望著我。到底哪一種才是她的本性呢？

店員過來幫我們點飲料，對話暫時中斷。我拿出手機看時間，現在是晚上八點半。回顧至今的發展，才見面三十分鐘就能聊得這麼融洽，應該算及格了吧。

既然如此，我就更進一步吧。

「真奈小姐用這個APP見過多少人了？」
店員一離開，我就單刀直入地詢問。
「只有幾個吧。」
「那妳覺得怎樣？」
「都挺好的，也有很帥的。」
「那妳跟那個帥哥後來怎樣了？」
「什麼怎樣？」
「交往了嗎？」
「喔，那倒是沒有。」
那「倒是」沒有。
她是在暗示我，雖然不會交往但是可以上床嗎？
——這女人也太豪放了吧。
話雖如此，聽到這種話我當然不可能不興奮。
「不過還是有做交往之外的事吧？」
「我已經是成年人了啊。」
看到她挑釁似的微笑，我忍不住在心中大喊「賓果！」。完全如我所料。其實不用等到見面，光看對方的個人資料就能多少猜出性格了，我至今就是靠著這種篩選方式大大提高了外帶成功的機率，邀約九次成功了六次，這樣的戰績算是很好了。

「健斗先生應該約過很多人吧？」

「沒有沒有，少得很，我用這 APP 才半年。」

我分辨的方法主要是看自我介紹，如果女人長篇大論地敘述自己的休閒方式、興趣、喜歡的男性類型，多半沒辦法輕鬆地外帶，因為積極展現自我就表示想要認真交往。照這樣來看，真奈的自我介紹只有簡單的一句「平時都有空，來找我喝一杯吧！」，多半是只要性不要愛的類型，那句話的意思就是「只要喝得開心就好，一起睡也不排斥」。還有，上傳很多張照片的人也不適合，那種人太愛自己，個性通常很難搞。真奈只放了一張正面特寫，看起來就像比較容易外帶的類型。

「依照健斗先生的條件，就算只玩半年，想必已經睡過很多人了吧。」

「妳爸爸聽到妳說這種話會很傷心喔。」

「沒問題的，我在家裡乖得很。」

之後我們一直聊著類似的下流話題，偶爾想到就喝點酒，不知不覺到了晚上十一點。

「要走了嗎？」

「好啊。」

我先去結帳。帳單寫著我們兩人喝了十杯，確實喝了不少，不過醉得恰到好處。接下來才是重點……

「要找另一間店續攤嗎？」

她一走出店外就挽住我的手臂。看到她這種態度，我本來應該要鼓掌喝采、高喊萬歲才對，但我心中隱約感到不對勁。怎麼會如此順利呢？這種時候她至少要故作矜持地看一下末班車的時間吧？我知道自己還算挺有魅力的，但我從來沒有遇過像她這麼主動的女人。

「我知道一間很好的酒吧，要去看看嗎？」

「當然好。話說你很有肌肉耶，平時有在健身嗎？」

「多多少少啦……」

她從我的上臂一路摸到胸口，動作沒有半點害羞和猶豫，我反而覺得很掃興。我差點忍不住說出「妳一定常常這樣挑逗男人吧？」。

「你也長得很高呢。」

她那雙包鞋的鞋跟不算低，但她還是矮我三十公分左右，就算她拚命踮腳想摘掉我的帽子還是摸不到。這滑稽的動作本來挺可愛的，但我總覺得她有一點像在演戲。

「要走一段距離，沒關係吧？」

「當然沒問題～」

不到五分鐘，我們就到達了「Le peu」酒吧。聽說男人在這種時候多半會得意洋洋地帶女人到自己平時常去的酒吧，但我正好相反，這種時候我都會挑沒有去過的店，不用說，這當然是為了盡量降低被老闆記住長相的危險性。

這間位於住商混合大樓地下一樓的酒吧在熟客之間相當有名，最大的特色就是吧檯座位附有布簾，可以和旁邊座位完全隔開，營造出不受打擾的兩人空間。而且燈光刻意調暗，可說是專門用來拉近距離的環境。

「咦，這間店一看就是用來把妹的嘛。」

真奈一踏進店裡就笑著這樣說，但她的語氣卻很愉悅。老闆瞥了我們一眼，然後點點頭，像是在表示「我明白」，然後默默指向吧檯底端的兩個座位。這次她依然考慮到慣用手的方向，坐在我的左邊。

「妳那邊也放下來吧。」就這樣，我一入座就立刻放下傳說中的「布簾」，在氣氛十足的店裡打造出了專屬於我們兩人的空間。原來如此，這樣自然會拉近距離。當然，不只是心理的距離，也包括身體的距離。

「好像在露營喔。雖然我沒有露營過。」

「聽妳這麼一說，確實很像。」

「虧你知道這家店。」

「喔喔，我是聽客人說的……」

「對了，我剛剛一直在說話，都還沒問過你的事呢。」

她歪著頭問「你是美容師吧？」，我點頭回答「是啊」。

「我有兩間店，不過店面都不大。」

「哇塞，你是老闆啊！明明這麼年輕，真厲害！」

年輕？她誤會大了，我都已經是四十二歲的大叔了，不過我長得一副娃娃臉，又染了頭髮，皮膚保養得當，還有在鍛鍊體格，就算少說十歲也看不出來。事實上我在APP也是登記三十二歲，至今都沒有人懷疑過。其實就算有人看出來了，也不會直接說「你謊報年齡了吧」。

「你沒有女友嗎？」

「嗯，沒有。」我確實沒有女友，而是有妻子。

「你看起來明明很有女人緣。」

「真的嗎？」

「嗯，很會說話，長得又高。你幾公分啊？」

「一八六左右。」

「哇，好高。」

我們的第一杯酒都送來了。她點的是琴通寧，我點的是拉佛格十年威士忌加冰塊。

「那就……」

「乾杯。」

杯子互相輕碰，夜漸漸深了。

鼓勵人說出真心話的昏暗燈光，擺在櫃上的大量酒瓶，隱約傳來的爵士樂。大概是受到這間店的氣氛影響，我們聊得比第一間店更深入，譬如過去失敗的戀愛經驗，忘不了的前男友及前女友，還有開始用交友APP的理由。

「有些女人會在自我介紹寫說『是朋友介紹我來用的』、『我還不太會操作』，這種話我看了就不爽，像是在拚命解釋『其實我沒有那個意思』，真是遜斃了。就算真的是朋友介紹，決定要用的還是她自己啊。」

可能是酒喝多了吧，她比先前更健談了。

「所以真奈小姐使用交友 APP 是有那個意思嗎？」

照她話中的脈絡應該可以這樣解讀，但她喃喃說了「唔……是這樣嗎……」就沉默不語了。我不想勉強硬聊，所以也默默地啜飲著威士忌。

過了一陣子，她才緩緩開口說：

「我有時也會覺得空虛，不知道自己要做這種事到什麼時候。」

「這種事？」

「在 APP 上找帥哥出來喝酒，享受短暫的快樂……之類的。」

她恍惚看著半空的側臉看起來真是性感又迷人。

「這又不是什麼壞事。」

「雖然不是壞事，但就是會覺得空虛。」

她的視線落在手邊的杯子上。

「而且我有點怕。你應該知道吧？最近發生了一些案子。」

「案子？」我頓時嗅到了危機的味道。

「有人用APP把女人約出來殺掉。」

——啊啊，神哪，這也太過分了吧。

她說的是這半年來震驚社會的連續殺人案，至今已有六人受害，每個都是二十歲出頭，而且凶手都會在現場留言「用APP約砲的女人都該死」，所以警方把這一連串案件當成同一人做的。總而言之，現在聊到這話題真是太不妙了，一定會對我的外帶造成負面影響。真奈可能喝太多了，她的情緒顯然變得很不安。

「是不是該解散了？」

這種時候我該做的是「以退為進」。當然，我不願輕易地打退堂鼓，但我就算輕描淡寫、空口無憑地說出「我才不會做那種事」、「妳擔心得太多了」也不會比較好。如果我一提議解散她就回答「嗯，走吧」，那我只能當作跟她沒有緣分，繼續死纏爛打只會造成反效果。所以說，此時就是今天最關鍵的「決勝時刻」……

「不，我還想坐一下。」她的右手按在我的左手上。

「真的嗎？」
「我回家也只能躺在床上看 Netflix 嘛。」
她小小的腦袋慢慢靠上我的左肩。
——啊啊，神哪，請原諒我剛才的無禮。
這樣就「成交」了——我將左手翻過來，握住她的右手，她沒有表現出排斥，自然地和我十指交握。
「妳有在看 Netflix 啊？」
「嗯。週末如果沒出門就會看一整天，看著看著就睡著了。」
「這種假日最棒了。」
「可是我有點擔心。聽說有人在睡覺時被充電器的電線勒死，或是發生電池起火的意外……」
她一副大而化之的樣子，看不出來她會這麼擔心意外事故和凶殺案。
就在此時，真奈突然發出驚叫。
「啊！」
「怎麼了？」

「沒有啦，我的手機快沒電了。」
什麼嘛，原來只是這點小事。
「我有充電器，妳要用嗎？」
我顧慮地看了老闆一眼，老闆點點頭表示「沒問題」。
「沒關係，我有帶行動電源。」

＊

伸出右手，關上水龍頭。
我先前就隱約注意到了，這份懷疑如今已成了確信。
——原來是這麼回事。
我在進屋之後一直察覺到「不對勁」，包括她的態度太主動，以及她隨隨便便地就把我帶回家，全都有了合理的解釋。
所以我不能再這樣下去了。
我目前的處境非常危險。
我把浴巾裹在腰上，從丟在地上的褲子口袋拿出必要的東西，躡手躡腳地走出浴室。我看看右邊，確認房門牢牢關著，接著我走到玄關，鎖上門鍊。現在是危急時刻，一定要謹慎一點，這樣就算對方呼叫「援軍」也沒有人進得來。

全都準備妥當了。

我回到房門前，在進去之前先做一次深呼吸。

——沒事的，一定會很順利的。

我確認呼吸已經恢復平穩，鼓起勇氣轉動門把。

在前方等待著我的是……

「果然。」

因為被開門聲嚇到，有「四道目光」朝我看來——包括坐在床上的真奈，以及盤腿坐在地毯上的陌生男人。那男人體格壯碩，頂著染金的推高小平頭，眼神凶惡得像是要吃人似的，一看就知道不是善類。他的手中拿著我的錢包，還有從錢包裡拿出來的大頭貼。

——原來如此，難怪。

真奈一進屋就立刻問我「要不要先去沖個澡？」，不是因為急著想上床，而是為了把我趕出房間。我去沖澡後，要好一陣子才會回房間，這樣他們就能趁機翻我的外套和包包，取出錢包，拿走身分證。

「我發現得太晚了，完全著了你們的道。」

所以我才會呆呆地跑去沖澡，讓這男人有機會潛入房間。

這是我至今最嚴重的一次失策。

「其實妳是利用交友APP搞仙人跳，而且是事先計畫好的集團作案……因為這裡是『獵場』，是專門用來騙男人的地方，不是妳真正的住所。」

她的男性同夥會找時機闖進來，或許是在上床時，或許是事後，又或許是像這次一樣趁著獵物去沖澡的時候，總之受害者都是還沒搞清楚狀況就被人勒索，譬如威脅要告訴他們的家人，或是去他們公司散布消息，又或許是謊稱女孩未成年，如果不想鬧上警局的話……

所以我是怎麼看出這裡不是她的家呢？

「房間裡有太多矛盾的地方。」

我明確感覺到不對勁，是在踏進浴缸轉開水龍頭的那一刻，因為當時掛在我眼前的蓮蓬頭噴了我一臉冷水。

「蓮蓬頭的位置太高了。」

我身高一八六，真奈只有一五二，她就算穿著高跟鞋努力伸長手臂都摸不到我的頭，而且洗澡時也不可能穿高跟鞋，蓮蓬頭放得這麼高，她恐怕摸都摸不到，就算摸得到也很不方便。

「而且妳還說漏嘴了，妳說今天早上來不及煮開水。」

「啊？你說什麼？」真奈從床上站起來，惡狠狠地問道。我現在以一敵二，而且身上只裹著浴巾，情況對我極為不利，所以她沒必要怕我，但是聽到我指出她犯了錯，她的自尊心想必很難接受。她的面孔猙獰地扭曲，先前那種挑逗可愛的表情完全看不見了。

「我記得妳提到『今天完全來不及煮開水』，這句話顯然有問題，因為那裡隨時都有溫開水。」

我指向鐵架的旁邊。

——要不要先去沖個澡？

——啊，我來泡咖啡吧，你要喝嗎？

當時她很硬地轉了話題，拿起杯子在飲水機裝熱水。我還看見水蒸氣從杯子冒出，鐵定錯不了。沒錯，在這個房間裡根本不需要煮開水。

「還有，洗衣機裡放著兩條浴巾，也讓我覺得不對勁。」

因為她對日常生活有一項堅持：「一定要趁睡覺的時候洗衣服，這樣到早上就會烘乾了」。

「妳今天早上睡過頭，沒吃早餐就直接出門。既然這麼匆忙，昨晚洗的衣服應該還留在洗衣機裡面才對。」

可是洗衣機裡面只有好像是刻意準備的兩條浴巾，她昨晚洗的衣物不可能只有這麼一點。當然，她可能在早上把浴巾以外的衣物收起來了，但我不認為睡過頭的人會在匆忙的早晨做這種事，就算她真的先收起衣服，唯獨丟著浴巾不收也太奇怪了。

「除此之外，還有很多值得吐槽的地方。妳早上明明那麼匆忙，床鋪卻一點都不凌亂。還有，洗臉臺上只有離子夾也很奇怪，因為只有使用燙髮棒才能做出『S型捲髮』，離子夾是絕對做不出來的，但我在洗臉臺四周和收納櫃裡都沒找到燙髮棒。普通男人鐵定不會發現這一點，不過我是美容師，所以才會注意到。還有，妳很怕會在睡夢中被電線勒死，所以枕邊的延長線沒有插上任何電器，但是妳隨身帶著行動電源，家裡應該會有充電線……」

「夠了，你這傢伙話太多了。」

男人不耐煩地站起來，他比我高又比我壯，動起手來我鐵定沒有勝算。他的手上仍然抓著從我錢包裡拿出來的大頭貼。

「這裡不是她真正的住處又怎樣？你自己不也是結婚了嗎？還有女兒咧。」

我忘記先拿出錢包裡和家人一起拍的大頭貼了，真是太粗心了，不過他們一定很錯愕吧，因為他們雖然拿到我的錢包，裡面卻找不到任何身分證件，這就得歸功於我的洞燭機先了。他們找不到任何足以稱為個資的東西，例如我的本名或地址，只好拿我和家人合拍的大頭貼來威脅我。

「竟然在交友 **APP** 找跟自己女兒一樣大的年輕女人……而且仔細一看，髮型什麼的都一模一樣。怎麼會有人想搞像自己女兒的女人？到底是哪根筋燒壞了，超噁心的。」

那張大頭貼是今年美雪生日時和家人一起拍的，上面當然寫了日期和年齡，所以我無法否認自己有一個和真奈差不多大的女兒，我也明白挑一個和自己女兒很像的對象會讓人覺得噁心。

「你只裹著一條浴巾出來，擺明了就是想做嘛。早點死死算了，你這個精蟲衝腦的傢伙。」

聽到男人這樣罵我，我忍不住笑了出來。

——精蟲衝腦？

他們果然誤會了。

我一個箭步衝到男人面前，藏在身後的蝴蝶刀揮出，唰的一聲，男人的喉嚨被切開，鮮紅的血液泉湧而出。「咿！」真奈用雙手摀著嘴，嚇得跌坐在地。男人按著喉嚨，嘴巴一張一合，跪倒在她的身旁。

「只裹著一條浴巾出來，是因為不想讓衣服沾到血。」

我重新握好刀柄，以免刀子因手汗而鬆脫。

「我確實是想做，不過我說的『做』，是要『做掉你』。」

我單膝跪在男人面前，朝他的左胸刺進致命的一刀。

「妳還記得嗎？」

我從男人的胸口拔出蝴蝶刀，慢慢站起來。

真奈渾身顫抖，好不容易才擠出聲音說：「什麼？」

「我說這是我第七次做這種事。」

我用腰上的浴巾擦拭刀刃，低頭望向我今晚的獵物。

——嘿，你做這種事多少次了？

——應該是第七次吧。

——你都有在數啊？

「至今殺過幾個人，我當然有在數。」

——而且我有點怕。你應該知道吧？最近發生了一些案子。

——有人用APP把女人約出來殺掉。

至今已有「六人」受害，每個都是二十歲出頭，而且凶手都會在現場留言「用APP約砲的女人都該死」，所以警方把這一連串案件當成同一人做的。

「就是這個吧。」

我彎下身子，從丟在床上的包包裡掏出一張紙片，上面印著這段敘述。

「我必須讓社會大眾知道，重點是交友APP。」

「為、為什麼……？」

聽到這個問題，我的思緒再次回到那一天。

——前陣子我在她滑手機的時候從後面偷看。

——我想那應該是交友APP。

——最近美雪越來越常去朋友家過夜，天亮才回來。

「為了制止。」

「制止？制止什麼？」

——要怎麼制止她呢？

——如果直接訓話她也不會聽吧……

我想起了妻子煩惱不已的那一天。

既然直接訓話行不通，那就「間接地」訓話吧。

「如果一直有同年齡的女人因為交友APP而被殺死，她一定會嚇得不敢再用。」

「啊？你沒搞錯吧？」她不斷搖頭，像是在說「太離譜了」。

「所以我才會專挑年齡和她相近的女人，連外表都要和她類似。」

她在新聞裡看到受害者的照片，一定會注意到這些女人的共通點。二十歲出頭，華麗的鮑伯捲髮。凶手的「喜好」完全符合她的條件。

「你真是瘋了。」

「這都是為了我最愛的女兒著想啊。」

這次平白增加了一個受害者，但我也無可奈何。

我再次揮出手中的蝴蝶刀。

＊

在浴室沖掉身上的血跡以後，我又檢查房間一遍。房裡到處都有我的指紋和毛髮，但我沒有前科，不可能查到我身上，而且我的偽裝很徹底，除了APP之外，我跟真奈沒有任何交集，所以警方根本不會發現有我這個人。但我千萬不能疏忽了他們的手機，尤其是真奈的手機裡一定還留著她和我在APP交流的紀錄，絕對不能丟著不管。

我用遺體解開手機的指紋鎖，為了慎重起見，我也檢查了他們的對話紀錄，內容和我猜的大致一樣，他們是專門搞仙人跳的犯罪集團，靠著交友APP把男人帶來這裡恐嚇勒索。每次都是相同的手法，都是男性同夥看準時機闖進屋內。就只是這樣。仔細一看，我們進到店裡的時候、搭計程車的時候、我去沖澡的時候，真奈都發出了報告的訊息。原來她一直悄悄地和同夥聯絡，難怪她下計程車時表情突然變得非常冰冷。

不管怎麼說，事情都解決了。

我把那兩人的手機放進包包，為了檢查有沒有東西遺漏，又看了看床底。

——嗯？

床底下有一只閃閃發亮的耳環。

此時包包裡的手機發出震動。我拿出手機一看，男人的手機螢幕上出現一行

「收到一條訊息」。

——不會吧。

我如此想著，心裡惴惴不安，於是我又解鎖手機，閱讀訊息。

「辛苦了。房間空出來了嗎？我等一下要用。」

這一瞬間，我的視線牢牢地盯在畫面上，動都動不了。

但我看的不是訊息內容，而是更前面的地方……

——你還記得嗎？美雪之前吵著說耳環不見了。

——那是寶格麗的，一對要價將近十萬圓。

——那些東西不是學生靠打工就買得起的。

——我想那應該是交友APP。

我凝視的是開頭那一行「Message from 美雪」。

潘朵拉

我嘆著氣轉動鑰匙，發動引擎。

停在站前圓環才幾分鐘，雨勢就變得如此滂沱，雨滴如同槍彈毫不停歇地打在引擎蓋和車頂上，擋風玻璃外的世界不安定地扭曲變形，融化在雨中。

『下雨了，回家時順便去車站接女兒。』

大約在三十分鐘前，妻子香織如此吩咐我，當時我因為有事而去了別的地方，但我還是爽快地答應了。

——嗯？雨傘？不用了啦，帶傘只會增加重量。

——反正下雨了爸爸也會來接我的。

我想起真夏說完這句話就笑著揮揮手衝出門的景象。

只不過是幾個小時前的事，卻讓我感到非常遙遠。

她出生於八月五日，正當盛夏，所以取名為「真夏」。理由聽起來很簡單，不過真夏確實人如其名，天真爛漫又活潑，誰見了都會覺得她是個好孩子。上個月她剛過完十七歲生日，現在是高二學生。她不像父母這麼正經多慮，是個落落大方、有時還有些脫線的樂天派，她在朋友之間一向是核心人物，在羽毛球社擔任副社長，在班上還當了副班長。

——我不是站在頂點的那種人啦。

她開玩笑地這麼說過，但她和學生時代的我截然相反。我的個性比較偏內向，沒有擔任過重要幹部，人際關係很狹隘，朋友不多但是都很交心。

我一邊想著這些事，一邊看著抓著方向盤的左手。

手肘內側貼著一小塊方方正正的紗布。

——我該怎麼辦呢？

——該怎麼做才好呢？

我的思緒瞬間回到兩週前。

那天下午，我收到一封郵件。

一切都是從那刻開始的。

*

兩週前的星期六，早上七點多。

即使放暑假還是每天參加社團活動的真夏邊看電視邊吃早餐，香織身穿圍裙在廚房和餐桌之間來回奔走，而我睡眼惺忪地喝著咖啡，漫不經心地看著早報。

「哇塞，這太糟糕了吧。」

叼著吐司的真夏用下巴指著螢幕說道。

我的視線離開早報，望向真夏指的方向，電視新聞正在播報某個案件的最新發展。

「說是找到了新的證據，可能會重審。」

真可憐，都已經關了十五年呢。真夏垂著眉梢說道。

那是曾經震撼社會的「連續綁架殺害女童案」的後續報導。

這個案子第一次上新聞是在十五年前的八月下旬，東京陸續幾個月都有女童失蹤，某天突然發現其中一位女童慘不忍睹的遺體，彷彿在嘲笑警方拚命追查徒勞無功，其他少女的遺體也陸續被發現了，受害者多達五人，全都是小學低年級的稚齡孩童。她們本來有著充滿夢想與希望的輝煌未來，全都被一個禽獸不如的傢伙給毀了。

如此泯滅人性的暴行令社會大眾為之震驚。

當時我的女兒才兩歲，所以我沒辦法把這個案件當成別人家的事，我每天都在擔心「如果真夏有個三長兩短的話該怎麼辦」，即使她的年齡比凶手的目標小很多，但我只要帶她出門，一定是分分秒秒都緊盯著她，所以不久之後我聽到凶手被逮捕並判了死刑，才放下心中的大石。

警方抓到的凶嫌是寶藏寺雄輔，當時二十七歲。最令人驚愕的是他竟是所謂的菁英上班族，國立大學畢業，在知名食品公司上班，工作態度非常認真，和妻子關係和睦，家庭幸福美滿。這麼普通又優秀的人怎麼會……

如同慣例，大批媒體記者找上他的家人，妻子或許察覺到風暴即將來臨，早就趁夜逃走，不見蹤影，母親則是憂思過度，突然病倒住院，聽說他弟弟還因為工作和婚事都告吹了，失意地自殺身亡。事到如今竟然又要重審，如果他真是冤枉的，那就太令人唏噓了。

「話說那個凶手年輕時的照片跟爸爸很像耶。」

真夏輕鬆地笑著說道，正在擦桌子的香織皺起眉頭，停止動作。

「就算是開玩笑也不該說這種話吧。」

「國立大學畢業，菁英上班族。連背景也很像。」

「喂，真夏。」香織的語氣比剛才更重了，但真夏還是不以為意地說「還好爸爸沒被警方誤認為嫌犯」。
「沒關係啦，當時有很多人這樣說，我公司的同事也是。」
「喔？果然是這樣？」
「你別跟著女兒胡鬧。一大早的就這麼不正經。」
真夏對母親的埋怨充耳不聞，但她隨即「啊」了一聲，睜大眼睛，然後食指貼著嘴脣說了「噓！」，又用下巴指著電視。
『接下來是今天的運勢占卜單元。』
女主播如此說道，那燦爛的笑容讓人很難想像她才剛報導完過去的慘案。
「喔！獅子座AB型的運勢極佳！真是吉利呢。」
畫面出現了運勢排行榜。原來她想看的是這個啊。
「雙子座B型是第八名，身邊的人際關係可能會有所改變。啊，雙子座A型是最後一名，說是『要小心』喔！」
真夏連珠砲似地說道，露出意味深長的笑容。她當然是在說我們夫妻倆，我和香織都是雙子座，我是A型，她是B型。
「爸爸要小心喔，別被警察抓錯了。」

「別再胡說了，快出門吧，不然會遲到喔。」

香織看不下去，從真夏的手中搶走遙控器，關掉電視。

我露出苦笑，繼續看我的早報。

我一點都不相信占卜算命，妻子也和我一樣，覺得那只是不科學又愚蠢的迷信。這或許多少和我們兩人都是理組有關吧。真夏一點都不像我們，她對數字很不擅長，是徹頭徹尾的文組性格，很喜歡占卜之類的東西。話說回來，把這些差異全都歸因為「理組、文組」的問題，好像也不太科學。總之我們天生個性就不一樣，只是如此而已。

真夏大概在五分鐘後起身離開。

「那我出門囉。」她像平時一樣背著運動提包和球拍袋，啪噠啪噠地衝出走廊。

「妳會很晚回來嗎？」香織在她背後喊道。

「唔……如果要跟大家一起吃晚餐，就會比較晚。」

「確定了再打電話跟我說。」

「好啦。」

「要小心別受傷喔。」

「沒事的，妳不用那麼操心啦。」

看著她們母女倆說話，我突然想到。

一年前，真夏參加社團活動時傷到膝關節前十字韌帶，動了這輩子第一次手術。那是一場大手術，但她自己在手術前後都沒當一回事，我們夫妻倆倒是擔心得要命。

──沒事啦，你們擔心太多了。

那時真夏好像也是笑著這樣說吧……我回憶起這些事，把看到一半的早報放到桌上，感觸良多地想著。

真和平啊。

正是因為如此，我完全沒有想到。

沒想到幾個小時後就發生了一件異常的大事，把我此時的輕鬆心情摧毀殆盡。

『媽媽把事情都告訴我了。』

我躺在客廳沙發上打盹時，一封郵件毫無前兆地傳來。

『突然寄信給您，您一定很驚訝吧。』

我的心臟撲通、撲通地搏動。

全身毛孔都冒出冷汗。

我早就知道可能會收到這封信，但我一直毫無根據地相信自己哪天突然收到這封信也能保持心平氣和。

在實際看到這封信之前，我一直是這麼想的。

『如果您不嫌棄的話，希望近日能和您見面。』

一顆石子砸入了我安穩而平凡的日常生活，讓原本凍結的時鐘指針又動了起來。不是規規矩矩地一分一秒慢慢走，而是在一瞬間跨過了十五年的漫長歲月。

——啊，雙子座A型是最後一名，說是「要小心」喔！

我是不是真的要小心點呢？我無法否認自己頓時冒出了這種想法，真是丟臉。

『請不要告訴您太太，一個人來就好。』

這封信的寄件人是接受我捐贈精子的女性所生的、我貨真價實的親生骨肉。

＊

我之所以會去捐精，是因為我們夫妻倆長期為「不孕」而煩惱。

妻子香織是我大學研究室的同學，我們大概是從大四那年的夏天開始交往的，出社會的第一年就向她求婚。我是研究所畢業，所以是二十五歲的時候。

因為我們兩人都要忙工作，所以雙方有一種「沉默的共識」，覺得還是保持夫妻兩人的家庭就好，到了婚後第三年，情況卻突然改變了。

——由里和聰美都有喜訊了。

——真不敢相信，她們竟然都要當媽媽了。

香織提到的那兩個人都是她的高中同學，她最好的朋友。

——當媽媽是什麼感覺呢？

——我完全想像不出來，但我覺得自己的孩子一定是最可愛的。

以前她也提過職場同事或後進懷孕的話題好幾次，但這次的語氣顯然和過去不一樣，感覺好像更「踏實」、更「具體」了。

——擔憂是一定會的，但更多的是期待。

——公公婆婆應該也很想抱孫子吧。

我是獨生子，她自己也即將邁入三十大關，更重要的是，過去一同謳歌青春的好友都要當媽媽了，這些事情全部加在一起，讓她開始意識到、也開始渴望有

「自己的孩子」。

——老公，你怎麼想？

我當然也有這個念頭，所以立刻舉雙手贊成。

——那我們得先想好孩子的名字。

——生兩個比較好吧？

就像這樣，香織開始計畫「不久的將來」，可是我們盼了又盼，卻遲遲盼不到好消息的到來。

大概在我們動了生孩子念頭的一年半以後，香織的臉上漸漸出現了不明顯的「陰影」。

——這麼久都沒動靜，實在太奇怪了。

——公公婆婆或許對我很不滿。

——因為我沒辦法幫他們的寶貝獨生子傳承血脈。

不需要這麼早就開始焦急啦……我努力地試著安慰她，但她一天比一天更焦慮，臉上漸漸失去了表情。

更雪上加霜的是去我老家過年時發生的事。當我們要離開時，我母親出來送我們，她笑容滿面地對香織這麼說：

——差不多該讓我們看看孫子了吧。

——我很期待喔。

我母親當然沒有諷刺或責備的意思，只是想到什麼就說什麼，可是香織聽到她這句「無心之言」後就變得鬱鬱寡歡，說「我再也不要去你的老家了」，臉上的表情變得更少了，一臉嚴肅地盯著電腦的時間反而增加了。她在查什麼呢？我多少猜得到，但我不知道這種時候該說什麼才是「正確答案」，所以只能故作平靜，假裝什麼都沒看到。

正因如此，我一直牢牢記得她說的那句話。

——老公，你知道嗎？

——像我這樣的人，在古代會被稱為「石女」。

她已經開始懷疑「原因出在自己身上」。她是如此地驚慌失措，甚至忍不住把心中的懷疑說出來。

雖然擔心，她卻堅決不去醫院檢查。

——我已經設想過很多了。

——如果原因真的在我身上會怎樣。

我非常理解她的心情。

如果是我造成的。

如果「發現了」原因真的在我身上。

如果得知了這個事實，我還能像過去一樣稀鬆平常地繼續生活嗎？如果發現自己無法和心愛的妻子生下孩子，那我還保持得住一個男人、一個雄性生物最重要的「尊嚴」嗎？與其如此，還不如不要查出原因。沒事不要隨便打開「潘朵拉的盒子」，這種想法不是很合理嗎？

——反正也不是生了孩子就一定會幸福。

所以我看到香織垂頭喪氣地拿著驗孕棒時，也只能拍著她的背這麼說。

我也知道我只是在自欺欺人。

——你真的這麼想嗎？

香織帶著哭腫的眼睛如此問我，但我因為羞愧，始終不敢直視她的臉。

——嗯，這是真心話。

我一邊回答一邊看著窗外鮮豔的傍晚天空。

在那一刻，我明白了自己是多麼軟弱。

我大概一輩子都忘不了那一刻吧。

這段痛苦的日子持續了三年左右，真夏終於誕生了。

老實說，我不記得妻子在醫院聽到懷孕的消息時是怎樣的表情，因為當時我自己都哭得一塌糊塗了。

不是因為我們夫妻之中哪一人有問題。真夏用自己的出生、用無比美妙的方式照亮了這件事實。

就這樣，真夏成了我們家的「太陽」。

我得知捐精之事是在真夏平安成長到兩歲的時候，正當那件「連續綁架殺害女童案」震驚社會之際。

午休時間，我在公司裡和同事一邊吃飯一邊閒聊，有一個人提到了這件事。

——前幾年社群網站上就出現了很多。

——只要搜尋「#捐獻精子」就能看到一大堆廣告。

我拿出手機，依言搜尋，螢幕立刻列出幾位捐精者的檔案。

『二十五歲，O型，畢業於知名私立大學，在大公司上班，體型壯碩，雙眼皮。』

『二十八歲，A型，畢業於國立大學，醫生，擅長運動，體格纖細。隨時歡迎聯絡。』

諸如此類。

——一定有些人只是想打砲。

同事嗤笑地這麼說道。的確，會懷疑有人懷著這種目的也很正常。

——不過，要是丈夫得了無精症也沒辦法。

——這算是不孕夫妻的「最後絕招」吧。

同事若無其事地說，然而親身感受過不孕折磨的我並不覺得事不關己。還好我們最後生下了真夏，如果一直沒有生出孩子，可能還是得去醫院檢查，說不定會發現「原因出在自己身上」。

——反正也不是生了孩子就一定會幸福。

我敢說自己到時還是會繼續堅持這脆弱的謊言、絕對不會使用那種「最後絕招」嗎？我能握著妻子的手振振有詞地說「現在這樣就很幸福了」嗎？還是說，螢幕上的這些資訊或許也會變成我們夫妻的「另一個未來」呢？

總之我對捐精一事產生了濃厚的興趣，還繼續深入調查。

於是我得知了以下的實情。

日本在二戰之後進行了幾十年的「AID」——非配偶間人工授精。如同我同事所說，這種醫療行為主要適用於無精症之類的男性不孕症，使用丈夫以外的男性捐贈者的精子，以人工授精方式讓妻子受孕。

但是最近有在做「AID」的醫療機構越來越少了，其中一部分原因是醫療機構會要求捐精者提供個人資料。如果捐精者的身分可以被查到，將來說不定會被迫承擔養育費和扶養義務，所以捐精者才漸漸移往沒有法規限制的網路管道。

從我找到的網路報導和書籍看來，這種趨勢造成了不少問題。

譬如說，捐精者的資料基本上只能靠本人主動告知，像是學歷、職業，或是有沒有遺傳性疾病，所以很難保證捐精者沒有隱瞞。

此外，孩子有沒有知道生父資料的權利也引發了諸多議論。因為捐精通常是匿名制，假如孩子得知自己是靠捐精而生下來的，也沒辦法找到自己的根源。「喪失身分認知」這句話說來簡單，但孩子得知事實之後會受到多大的打擊呢？

若非親自體會，是沒辦法想像的。如同翻開《自傳》第一章，關於「我的誕生」的部分卻是一片空白。

——這畢竟也是一種選擇。

看了各式各樣的案例後，我是這麼想的。

世上確實有很多人寧願面對這些問題也想要有孩子，如果捐獻精子能減少他們的悲傷、痛苦和空虛，我希望能出一份力。

因此我試著向妻子提議。

——妳聽過捐獻精子嗎？

——我想去做做看。

如我所料，香織說著「什麼啊？」，詫異地挑起眉毛。

——但我不打算隨便捐獻。

我訂出了幾個條件。

第一，這件事必須得到對方的先生同意，也就是說，妻子不能擅作主張。再來，雙方要見面詳談，我認為對方家庭沒問題才會提供，而且我不接受必須從事性行為的「排卵期法」，只接受「注射法」，也就是使用特殊器材注射精液。應該不用解釋我為什麼要加上這個條件吧？因為我的目的並不是找人上床，就算要捐獻精子，我也不想和妻子以外的女性發生肉體關係。

說是這樣說，我猜想妻子一定會反對。搞什麼嘛，真是莫名其妙。我原本以為她可能會說這種話，但我並沒有選擇偷偷進行，而是把一切都告訴妻子，這是因為還有最重要的一項條件。

妻子聽到這裡，卻給出了我意想不到的反應。

——嗯，不錯啊。

——能幫助困擾的人也是一件好事。

她沒有說「不像我們這樣，而是真正有困擾的人」，但我知道她大概就是這個意思。

——要說我一點都不排斥那是假的。

——這就像是過繼孩子給別人，只是孩子還在精子的階段。這樣想就覺得很正常了。

我覺得妻子說的話很有意思。

原來還可以這樣想啊。

總之都已經談到這裡了，現在只剩最後一項。

——還有最重要的一件事。

我先做了個深呼吸，才說出最後一項條件。

——我不打算匿名捐獻，而是會告訴對方我的身分。

——這是考慮到生下來的孩子將來可能會想知道自己的根源。

當然，要不要告訴孩子終歸是由對方夫妻決定，即使如此，我還是堅持要加上這項條件，就算對方本來不打算說，我的「骨肉」或許哪天還是會意外發現這件「驚人的事實」。

香織想了一下，眼眶濕潤地回答：

——當然，我也覺得這樣比較好。

——如果有那麼一天，我也很想見見那孩子。

於是我在妻子的同意之下開始捐獻精子……

＊

收到那封郵件的一週後，也就是上週六的下午。

我謊稱「今天要去打高爾夫」走出家門，來到了約定地點——距離我家兩站的某間咖啡廳，和我的另一個女兒相對而坐。

「您就是我的……」

她才說到一半就停了下來，但我可以輕易猜到她說不出來的是什麼話。

她一定是不知道該不該叫我「爸爸」吧。

「嗯。妳好，初次見面，呃……」

「我叫翔子。飛翔的翔，孩子的子。」

「這名字很好。」我一邊回答，一邊仔細打量恭恭敬敬坐在我面前的少女。

我有一種說不清的奇妙感覺。

女孩有一頭整齊柔順的烏黑長髮，晒得恰到好處的小麥色肌膚，再配上很有夏季風格的T恤，乍看之下充滿了活潑朝氣，但又好像帶著一絲陰霾，她大概是第一次見到「父親」所以有點緊張吧。

更引人注目的是她秀麗的五官。眼睛細長，鼻梁高挺，嘴脣小巧……這些地方都和她的母親一模一樣，唯獨尖削的下巴和一點都不像她母親的圓臉，看來她只有這個地方像我。我在她身上當然感受不到半點親子之情，卻又覺得自己漠不關心地這樣想太沒有責任感，不禁感到如坐針氈。

——這女孩是我的另一個女兒。

她今年十四歲，正在讀國二，和母親一起住在歧阜，自己一個人搭舊鐵路轉乘新幹線來到這裡，真是個獨立的孩子，而且很有行動力。

「在假日特地把您找出來，真是抱歉。」

「不會，沒關係。」

「可是……我無論如何都要問清楚。」

看著翔子喃喃說出這句話，令我清楚地回想起來。

十五年前第一次見到她母親的那一天。

還有她那些「令人難以理解的舉止」。

*

在我決定捐精的兩個月後，她在社群網站上發了私訊給我。時間應該是在十月中旬，社會大眾正因「連續綁架殺害女童案」在幾天前終於順利解決而鬆了一口氣，秋天彷彿一直在等著這一刻，氣溫迅速地大幅降低。

『我看了您的資料。雖然有點倉促，能否約您明天見面？』

確實很倉促。我看完這封訊息之後不禁苦笑。我同時正在跟其他幾個人洽商這件事，從來沒看過誰像她這麼急的。

反正我明天沒事，沒有理由不能接受倉促的見面，所以很爽快地答應了。

『當然沒問題。』

『謝謝您。那麼我就跟您約在……』

就這樣，我們約在隔天晚上七點半。

到了約定的時間。

我走進約定的商業旅館大廳，就看見那個女人站在電梯前。她戴著壓低的鴨舌帽，用口罩遮住口鼻，穿著厚厚的毛衣和緊身牛仔褲，和她事前描述的打扮一樣。

「初次見面，我收到了妳的聯絡……」

我緩緩走過去，盡量用開朗的語氣向她打招呼。

可是……

「咦！」

她一見到我就吃驚得睜大眼睛，但又不是害怕，倒像是在路上突然遇見許久不見的老朋友。

「怎麼了？」

我忍不住問道，她立刻搖頭說「沒什麼」。

「對不起。只是因為您突然對我說話，所以我嚇了一跳。」

我趕緊陪禮說「真是抱歉」，心裡卻冒出一個疑問。

——難道她認識我？

不管我多努力回想，都想不到我的人生跟這位女性有過任何交集。

雖然無法釋懷，我還是試著轉換心情，問她：「妳是自己一個人來的嗎？」

「呃，這個……」她不知為何含糊其詞，但之後的事情更讓我震驚。她竟然才剛打過招呼就立刻按電梯，說「到房間裡再談吧」，我嚇得不禁發出一聲：

「咦！」

「我不想在公開場所討論這麼私人的話題。」

「這件事確實很私人……」

聽到她的解釋，我可以理解她的顧慮，但這樣會不會太草率、太不小心了？我不是那種心懷不軌的男人，跟她進房間也不會出什麼亂子，但她一個單身女人竟然把第一次見面的男人帶進旅館房間，而且她目前對我的人格還一無所知……

「請進。雖然沒有東西可以招待您。」

她請我進房間時，我想到了一個可能性。

——難道她瞞著自己的丈夫？

因為要保密，所以才不想讓別人看見？

這樣我就明白她為什麼要用帽子和口罩嚴嚴實實地遮住臉，為什麼一見面就把我帶進房間了。如果真是如此，那她根本連我提出的第一個條件都沒有達到，我也只能回絕她了。

「雖然我很急，但我不打算請您今天立刻在這裡提供。」

她一邊說一邊取下帽子和口罩，坐在單人床上。聽到她說「請隨便坐」，我也依言坐在椅子上。

「我覺得還是得先跟您仔細談過，確定您真的適合再進行。」

我聽著她說話時，視線很快就被她露出來的臉孔吸引住。如初雪般白皙的皮膚，精緻的五官，幾乎沒有化妝卻渾身散發著掩蓋不了的華貴氣質。那清澈的褐色眼眸是不是帶有異國血統？總而言之，她確實是個無庸置疑的美女，走在路上所有人都會忍不住回頭注視。

她的長相無可挑剔，臉上卻充滿了疲憊的神情，眼眶凹陷泛黑，臉頰有些乾癟，不知是不是我多心了，她似乎面無血色。與其說是白皙透亮，還不如說是臉色蒼白。

「啊，對不起，我現在一定很憔悴吧。」

聽到她這麼說，我才回過神來。

「為了這件事，我從早上到現在已經見了好幾個人，可能是有點累了。」

——原來是這樣。

那我就懂了。應該說，要共同把血緣傳承給孩子的對象本來就該仔細篩選。

「妳先生知道這件事嗎？」

我一開口就問這個問題，因為她如果沒有達到這項條件，我們就沒得談了。

當然，她可能會騙我，所以我才先下手為強，不給她太多時間思考。

面對我的先發制人，她苦笑著說：

「這個嘛……其實我很久以前就離婚了。」

「喔，這樣啊。真是失禮。」

剛才她含糊其詞也是因為這樣嗎？

「我也是因此發現自己不適合結婚。」

所以她才選擇當一個「自願的單親媽媽」。不想跟特定男人締結婚姻關係，但還是想要有自己的孩子，再加上自己也不年輕了，所以想盡快生下孩子。

的確，並非只有不孕的夫妻才需要別人提供精子，除了她這種情況以外，我還聽過國外有女同志會尋求這種服務。

話雖如此……

——我真的可以相信她嗎？

她在解釋的時候沒有表現出明顯的驚慌或不知所措，但她可能只是事先想好了說詞。

我還在亂猜時，她開口說道：

「對了，我該怎麼稱呼您呢？啊，當然不用說全名，姓沒關係，只要說名就好了……」

她只問我的名，大概是怕我誤會她要偷偷調查我吧。捐精通常都是匿名的，問這種問題一定會讓對方開始戒備。雖說我早就決定要公開身分，但她還不知道這一點，自然會有這層顧慮。

此外，我和其他捐精者一樣沒有在社群網站上公開任何個人資料，她只知道我的職業、最高學歷、血型、個性，以及體型，她應該是為了聊得順利一點，才想先問我的名字吧。

我沒有保密的理由，於是老實地回答「我的名字是翼」。

「是翼先生啊……真是個好名字。我叫 Yoshiko。」

她害羞地喃喃解釋道「寫作美子，美麗的女子」。我再次仔細打量她的臉，她的美貌的確名副其實，但她此時的臉色怎麼看都不適合討論提供精子這種事。

「那個……如果妳精神不好，我們可以改天再談。」

我忍不住為她擔心。

「不行，不能改天再談，因為……」

接下來她說的話真是讓我啞然無語。

她用平淡的語氣說出「因為我最晚要在明天之內選好對象」。

——她說什麼？

坦白說，我完全聽不懂。

說起來她第一次給我的私訊也是很倉促地要求「能否約您明天見面？」，現在只是保持一貫的風格，不過她到底為什麼要這麼急呢？

「所以我想要先問清楚。」

她的語氣依然沉穩，其中卻透出了一份堅定。

「關於您的『為人處世』。包括您的童年時期是怎麼度過的，現在在做什麼，還有，您為什麼會想要提供精子。當然，會洩漏個人資訊的部分可以略過，我只是想要盡量地了解您究竟是個怎樣的人。」

「喔……」

我有很多地方想不透。

不，應該說「所有地方」都讓我想不透。

「只要時間允許，無論您要說幾個小時我都會聽下去。」

當時我從她的語氣、從她直視著我的真誠目光，感受到了毫不動搖的堅決。

——她是認真的。

我不知道她是否背負著什麼嚴重的事態，但我看得出來她是真的想了解我這個人，藉此判斷我適不適合當她孩子的父親。如此說來，她這副異常疲憊的神情反而值得信任，因為這足以證明她是多麼真誠地面對這麼多的捐精候選人。

——我可以相信她。

有了這個念頭後，我盡量詳細地分享自己的事，包括我的出身地、家庭成員、從童年到現在的經歷，以及我決定捐精的理由。

「……然後我進了大學，在學校裡認識了我的妻子。」

我出社會以後很快就結婚了，因為妻子遲遲沒有懷孕，讓我們夫妻兩人度過了一段很艱辛的日子。

「坦白說，我真的快要被憂慮壓垮了。我老是懷疑原因出在自己身上，每天都活得提心吊膽。」

因為有過那段經歷，我現在才會在妻子的同意之下捐獻精子。我一口氣講完了所有事情，但還是盡量誠懇且仔細地詳細敘述。

她聽完我這段倉促的「自傳」，很滿意地點頭說「謝謝您」，然後又問了一個令我出乎意料的問題。

「對了，我想請教您『翼』這個名字的由來。」

「我父親的興趣是賞鳥，所以給我取名叫『翼』，意思是希望我能在寬敞的天空展翅高飛。」

此時我才想到，我幫孩子命名的簡單作風或許也是遺傳自父親，一邊用自嘲的口吻總結說「可惜我終究只是個普通的上班族」。

「真是一段佳話呢。」

她露出微笑，如遙望遠方似地瞇起眼睛說道。

「聽了您這麼多分享才這樣說似乎不太對……其實我第一眼見到您的時候就決定了。」

「決定？」

「決定請您提供精子。」

「啊？」

「和您聊過之後，我就更確定了。」

她說「您就是我要找的人」。

——她到底在說什麼?

「我收回先前那句話。能不能請您立刻在這裡提供呢?」

轉折來得太突然,我完全搞不清楚狀況,但她完全不理會我的疑慮,逕自站起來走到房間角落,從行李箱裡拿出注射工具組。

「這樣會不會太倉促了?」

「我是無所謂啦……」

我真的搞不懂,事情怎麼會變成這樣呢?

「您一定很困惑吧?」

「的確是。」

「這也是應該的,我知道自己說了很多奇怪的話。」

她直勾勾地看著我說道。

「但是我保證,我絕不會給您添麻煩,譬如要求您和孩子相認或是支付養育費。如果您希望的話,我可以簽下契約書,雖然我也不確定這種契約有沒有效力。」

「不需要簽契約啦。」

我之所以覺得「沒這個必要」，是因為此時我從她的眼中、從她所說的話中感受到了非比尋常的決心。是什麼理由讓她如此堅決呢？若說我對她背後隱藏的緣由不感興趣那是騙人的。

可是，我不能逃避。

我不能轉開目光。

——反正也不是生了孩子就一定會幸福。

——你真的這麼想嗎？

那一天，我沒辦法直視妻子的眼睛。

難道我現在又要轉開目光了嗎？

「請您幫助我。」

我坦然面對了她哀求般的眼神，然後……

那是我第一次、也是最後一次見到她。

那也是我第一次兼最後一次捐精。在那之後我見過幾對夫妻，都沒再遇到像美子那樣讓我願意幫忙的對象，後來因為忙著工作和其他事情，我就沒再做這件事了。

讓我感到奇怪的是，她明明那麼堅決，後來卻沒有要求我「請您再提供一次」。因為只注射一次不見得成功，照理來說，在確定懷孕之前應該會請對方持續且定期地提供精子。

我滿心疑惑地過了兩個月左右，她突然用私訊向我報告懷孕的消息。

『非常感謝。我一輩子都不會忘記您的恩情。』

雖然有太多搞不懂的地方，有這種結果還是值得高興吧……我試著這樣說服自己，回覆了她的訊息：

『如果將來孩子想知道自己的父親是誰，可以寄信到這個信箱……』

那是我特別申請的免費信箱。

『我的妻子也想和孩子見面，我保證絕對不會置之不理。』

我在最後寫了這句話，然後按了傳送鍵。

但我再也沒有收到她的回信。

＊

從此沒再出現過的女人所生的「我的骨肉」，此時就坐在我的眼前。

在那之後已經過了十五年光陰。

「我從小到大都聽媽媽這樣說：『等妳長大以後，我再告訴妳爸爸是誰。』」

翔子盯著桌面，斷斷續續地說道，她的語氣穩重得不像十四歲的孩子。

「我小學的時候一直都是這麼相信的。」

她停頓了一下，隨即有力地抬起頭。

「前陣子在學校上課時聽到關於戶籍制度的事，我才想到可以從戶口名簿上找到原因，可能是離婚了，也可能是死了。」

也對，只要沒有申請分籍或轉籍，就能從戶口名簿上看出端倪。

說是這樣說，但我的名字絕不可能出現在她家的戶口名簿上，所以翔子不可能只憑著戶口名簿就想到「自己是靠著捐精而誕生的」，那她怎麼會來聯絡我呢？不，為什麼會演變成她來聯絡我的狀況呢？依照她剛剛說的話，她母親美子分明覺得「現在告訴女兒這件事還太早」……

翔子沒有理會我的不解，繼續說明：

「看了之後我才發現，媽媽以前離過婚。」

「喔喔，她當時有跟我說過。」

我心想，原來她沒有騙我。

翔子露出諷刺的笑容說：

「可是，我看到了一個更嚴重的大問題。」

「大問題？」

「就是離婚對象的名字。」

「名字。」

她點頭回答「是的」，接著爽快地說出：

「寶藏寺雄輔。」

「啊？什麼？」

我下意識地如此反問，其實我根本不用問。

因為我知道這個名字……應該說全日本的人都知道。

「就是『連續綁架殺害女童案』被抓到的凶嫌。」

「怎麼會……」

我愕然說道，同時也想起我之前和真夏的對話。

——話說那個凶手年輕時的照片跟爸爸很像耶。

——沒關係啦，當時有很多人這樣說，我公司的同事也是。

到現在我才終於明白。

難怪那個女人一見到我就訝異地叫了一聲「咦！」。

那是因為出現在她眼前的男人和她的丈夫寶藏寺雄輔長得太像了。

不只是這樣。

——到房間裡再談吧。

——我不想在公開場所討論這麼私人的話題。

她剛打完招呼立刻這麼說，把我帶進房間，再加上她用帽子和口罩把臉遮得嚴嚴實實，以致我誤會她是瞞著丈夫來請我捐精。她確實想要避人耳目，但不是害怕被丈夫的熟人看見，而是害怕像蒼蠅一樣死追著她不放的媒體，所以她才離開了家，躲在那間旅館裡。

當時的新聞報導確實有提到。

說凶手的妻子或許察覺到風暴即將來臨，早就趁夜逃走，不見蹤影。

不，不只這樣。

——啊，對不起，我現在一定很憔悴吧。

她那天顯得異常疲憊，一定也是因為正在「跑路」吧。真要說的話，她在這種時候若是還能保持平常的態度才奇怪。

雖然我愕然不已、不知所措，翔子還是繼續說。

「發現這件事之後，我直接去找媽媽求證。」

她問母親自己是不是連續殺人犯的女兒。

「媽媽只好跟我說了實話，說我是找人捐精生下來的，絕對不是殺人犯的女兒……」

翔子接下來說的內容大概是這樣：

她的母親美子在當時的丈夫寶藏寺雄輔被逮捕的前一晚和他有過性行為。

「沒想到隔天他就被逮捕了。」

震驚不已的美子接受警方的盤問之後，媒體記者很快地蜂擁而至，她為了躲避而跑到遠離住處的城市，住進商務旅館。

「後來她想到，如果因那一次性行為而懷上孩子，就會變成殺人犯的孩子。」

「難道……」

「當時已經過了四天，也就是說……」

就算立刻服用事後避孕藥也來不及了，更重要的是，她在那種情況下根本沒辦法去醫院，因為可能會被人撞見。

「就算真的懷孕了，她也沒有勇氣墮胎。」

就算是因殺人犯的精子而受孕，畢竟是自己腹中孕育的骨肉，她不願意為了自私的理由而奪走繼承自己血脈的「親生骨肉」的生命，絕對不行。

「在走投無路的情況下，媽媽只能用出最後的手段。」

她決定要用其他男性提供的精子來「覆寫」受精卵，這樣就沒辦法確定生父是誰了。

這麼一說……

——其實我第一眼見到您的時候就決定了。

——您就是我要找的人。

我終於明白她那句話是什麼意思了。

她一定是想找個長相背景都和寶藏寺相似的人來提供精子，這樣就算將來生下的孩子越長大越像「父親」，只要不做基因檢測，她還是能繼續相信。

相信這個孩子「沒有繼承殺人犯的血脈」。

至少她能為這個可能性製造出「留白」。

如此說來，社群網站上繁雜的捐精廣告，在她的眼中一定像是「希望之光」吧，就算那些資料只是一面之詞，她還是盡可能地選擇了和丈夫背景相似的男性。

——啊，對不起，我現在一定很憔悴吧。

——為了這件事，我從早上到現在已經見了好幾個人，可能是有點累了。

她之所以要見這麼多捐精者，是為了選出最像她丈夫的人，她在旅館裡和每個人認真地詳談，則是為了判斷他們的資料值不值得信任。不知該說幸運或不幸，我因為「外表相似」而被她加了不少分。

不，不只這樣。

——因為我最晚要在明天之內選好對象。

聽完翔子說的話，我也明白她為什麼會那麼急了。

她一定是擔心若不早點接受精子捐獻，就會因為懷孕時間相差太多，使得生父的身分變得明確。

還有……

『非常感謝。我一輩子都不會忘記您的恩情。』

後來她沒有要求我「再次提供精子」也是理所當然的。

她只是為了避免確定「自己的骨肉繼承了殺人犯的血脈」，換句話說，沒有懷孕也無所謂。

「然後媽媽就含著淚不斷地說『妳才不是殺人犯的孩子』。」

翔子講到這裡先停頓了一下，然後低下頭說：

「可是，就算她這樣說，也不能證明什麼。」

「嗯……」確實如此。

「我可能是您的孩子，也可能是寶藏寺的孩子。」

從長相來看，妳應該是我的孩子……我很想這樣說，可惜沒辦法。

再說那個案件現在有可能會重審，假使她真的是寶藏寺的孩子，也不見得一定是「殺人犯的孩子」。明明有那麼多不確定因素，為什麼她還要這麼辛苦地千里迢迢跑來找我？

我說出心中的疑惑以後，翔子猛然抬頭，說道：

「媽媽已經離婚，而且搬到了完全陌生的地方，身邊沒有任何人知道她是寶藏寺的前妻，所以周遭並沒有出現一些奇怪的流言，生活過得很平穩。」

她喃喃地說著「但我還是想要弄清楚」。

「弄清楚？」

「我到底是誰的孩子。」

「妳想做親子鑑定嗎？」

所以她是來請我提供毛髮什麼的作為樣本嗎？

聽到我這麼問，她搖頭說：

「不是，做親子鑑定需要得到親權者的同意，而且有個更簡單的方法。」

「更簡單的方法？」

「我就是為了和您談這件事，才請您不要告訴太太，自己一個人來。」

＊

看著濕淋淋的擋風玻璃，我終於決定要打開「潘朵拉的盒子」。

我拿出剛剛才領到的「捐血卡」，低頭一看。

——原來是這樣。

上面清楚印著「血型B型」的字樣。

我頓時想起了那天翔子說的話。

——即使我一再地說「這樣又不能確定我的生父是誰」，媽媽還是很堅持。

——她一口咬定「妳才不是殺人犯的孩子」。

看到母親堅持到近乎瘋狂的態度，她突然會意過來。

或許真的有什麼理由讓母親如此堅信。

——所以我直接問了媽媽。

——然後她就告訴我……

B型的妳不可能是寶藏寺生的。

因為那個男人是A型。

——我媽媽是O型。

——很奇怪吧？

——媽媽應該會找「和寶藏寺一樣是A型的人」來提供精子才對。

O型和A型的父母絕不可能生下B型的孩子。

——媽媽發現這件事的時候一定很驚訝。

——因為生下來的孩子竟是不可能會有的血型。

這件事到底該怎麼解釋呢？

——一定是寶藏寺或您搞錯了自己的血型。

——我就是為此才專程來見您的。

照理來說，只查血型也沒辦法確定誰是她的生父。

就算我是B型，搞不好寶藏寺也一樣是B型。

——沒關係，這樣就好了。

——兩位生父人選都搞錯血型的機率實在太低了。

——只要確定您是B型，我就會相信您是我的生父。

——像我媽媽那樣相信下去。

所以翔子也決定把「潘朵拉的盒子」打開一條縫來偷窺。她真正的父親或許是我，或許是寶藏寺，如果是寶藏寺的話，他有可能是殺人犯，也有可能是冤枉的。真搞不懂，沒有一件事可以確定，但翔子還是決定，只要我是B型，她就把其他所有可能性都鎖進盒子，認定我是她的生父。

我拿出手機，寄信到那個信箱。

『翔子是我的孩子。』

對翔子來說，盒子裡最終出現的東西是「希望」。

所以妳大可繼續相信。無論那個案子最終的結果為何，妳毫無疑問是我的孩子。如果妳相信這一點，那我也會相信，今後我會以生父的身分永遠疼愛妳。

然後……

這麼說來，真夏到底是「誰的孩子」？

——喔！獅子座AB型的運勢極佳！

——真是吉利呢。

妻子香織是B型，我也是B型……換句話說，父母雙方都沒有A型的基因，但真夏是AB型這一點絕對錯不了，因為她傷到膝關節前十字韌帶的那次，在手術前驗過血型。

當然，這件事還是有其他可能的解釋，譬如我的妻子說不定其實是A型，畢竟我從來沒有親眼見到、親耳聽到她的正式檢查結果，而是只憑她自己的說詞，我就毫不懷疑地相信了。

如同翔子所說，兩人同時搞錯血型的機率非常低，但我聽說如果剛出生時就驗血，結果可能不符合實際的血型。現在的人不太會在嬰兒剛出生時驗血型，但是在我出生的那個年代有很多醫院都會提供這項服務，我自己的血型確實也被誤判了。

說是這樣說啦……

真夏不像父母如此多慮又正經，而是落落大方、有時還有些脫線的樂天派。她和學生時代的我截然相反，在朋友之間一向是核心人物，而且在學校裡也很出鋒頭，還當上了羽毛球社的副社長和副班長。明明父母都是理組個性，她卻不擅長數學，而且很喜歡占卜算命。還有、還有……

是啊，越想越覺得不一樣。

她和我們的差異一個接一個地浮現出來。

我一邊消化著這件事實，一邊冷靜地想著「原來就是因為這樣」。

翔子正是因為擔心會陷入這種局面，才在郵件裡先叮嚀我「不要告訴太太，自己一個人來」。不知道她是遺傳到誰，總之她確實是個聰明的孩子。

還有……

——嗯，不錯啊。

——能幫助困擾的人也是一件好事。

我和妻子香織提起捐精的念頭時，她很爽快地答應了。

說不定她早就知道了。

她知道世上還有這招「偷吃步」。

——我已經設想過很多了。

——如果原因真的在我身上會怎樣。

她希望像其他夫妻一樣生下自己的孩子，但又害怕得知真相，所以不願意去醫院檢查。不過情況若是一直沒有改變，或許有朝一日還是得去檢查，如果到時發現了原因「出在誰的身上」……

到時候會變成怎樣呢？

夫妻兩人同心協力地進行不孕治療？

勉強說服自己就算不生孩子也沒啥大不了的？

還是乾脆兩人分手，邁向各自的嶄新人生？

以上每一條路都可以走，每一條路都沒有錯。

不過，還是有其他的可能性。

或許可以避開這三條路。

或許可以不用打開「潘朵拉的盒子」。

只要她接受精子捐獻，若無其事地生下孩子……

——要說我一點都不排斥那是假的。

——這就像是過繼孩子給別人，只是孩子還在精子的階段。這樣想就覺得很正常了。

或許她早就知道這個方法，自己也用過，才會答應得那麼爽快。如果不是我們夫妻之間有一人不孕，只是兩人的契合度不好，她再不答應讓我捐精的話，我的血脈就沒辦法傳承下去了。

——公公婆婆或許對我很不滿。

——因為我沒辦法幫他們的寶貝獨生子傳承血脈。

香織當時已經被逼到走投無路了嗎？

——當然，我也覺得這樣比較好。

——如果有那麼一天，我也很想見見那孩子。

我是不是過度解釋香織當時眼眶濕潤的理由了？

無論我怎麼想，都沒辦法得知真相。

我不可能搞清楚，我甚至不確定該不該搞清楚。

——對了，您發現了嗎？

翔子那天說的話再次浮現在我的腦海。

——我的名字是用媽媽和您的名字來取的。

「美」的部首是羊，「翼」的部首是羽。

——兩者加起來就成了「翔」字。

「翔子」，代表著「美子」和「翼」的孩子。

——媽媽給我取這個名字，是希望我用這雙美麗的翅膀翱翔在這世界。

我的兩個「骨肉」靠著超乎想像的奇蹟誕生在世上，今後正要展翅高飛。靠著父母贈予的、優雅又強壯的、背上那對美麗的翅膀。

我到底該怎麼做呢？

我該質問香織嗎？

得到答案後，我該把真相告訴真夏嗎？

這種事我怎麼做得出來？

我怎能親手撕去真夏《自傳》的第一章——「我的誕生」？

我怎能親手扯斷她背上那對美麗翅膀的其中一邊？

身為那孩子的「父親」，我怎能這樣做？

——雙子座B型是第八名，身邊的人際關係可能會有所改變。

——啊，雙子座A型是最後一名，說是『要小心』喔！

看吧，占卜什麼的果然都是騙人的。

那種東西根本不科學，只是無聊的迷信。

因為經歷過這些事，我身邊的人際關係也不會有任何改變。

接受我捐獻精子的女人自然生下了「我的孩子」，但我就算得知了此事，今後仍然是「香織的丈夫」、「真夏的父親」。

「只不過是這樣罷了。」

我如此喃喃自語，此時熟悉的身影出現在車站前。

即使隔著濕淋淋的擋風玻璃，我還是立刻看清楚那人是誰。

栗色長髮，繫著鮮豔天藍色領巾的水手服，黑底白標的運動提包和球拍袋。

我按一下喇叭，頭上蓋著毛巾擋雨的稚氣少女立刻朝這邊跑來。
她的步伐非常輕盈。
彷彿背上插著一對翅膀，隨時都會飛上雲霄。

三角奸計

現在的情況怎麼看都很不妙，簡直太瘋狂了。

當然，我不是被黑暗組織綁架到地下基地，也不是寧靜的住宅區裡突然發生槍戰。

我正在參加所謂的「線上飲酒會」，身穿睡衣睡褲，頭戴有線耳機，盤腿坐在小矮桌前，偶爾喝一口罐裝啤酒、吃一口小菜。從旁人的眼光看來，這是只能形容為「平凡無奇」、一點都不有趣的夏夜風景。

〈我現在要去殺了那傢伙。〉

所以出現在螢幕上的這行字顯得格外突兀。

噗。老舊的冷氣似乎感到厭煩地恢復了送風，掛在窗簾軌道上的風鈴隨之搖晃，發出叮叮噹噹的聲響。聽著這清涼的音色，我靠在鍵盤上的雙手手心卻開始冒汗。

——我該回覆什麼？

——是說我真的應該認真回覆嗎？

追根究柢，我們只不過是很久沒見面的老朋友一起喝酒，普通得很。他們兩人都因為工作的緣故而搬到關西，只有我住在東京，所以我們舉行了近來流行的線上聚會。只是一件如此普通的事。

〈你可別阻止我，我已經下定決心了。〉

畫面分割成兩格，右邊那格是宇治原，左邊那格是茂木，兩人都是我大學時代的死黨，我們每天都一起在家喝酒、參加聯誼、上街把妹，還會因為猛灌便宜的酒而宿醉到蹺掉必修課。他們是和我共同揮灑青春的夥伴，雖然那段無所事事又毫無意義的歲月丟臉到不堪回首，但那也是一段永遠不會褪色的回憶。

〈慢著慢著，你先冷靜一點。〉

考慮良久之後，我的手指打出了這句不痛不癢的回答。

但我又有什麼辦法？除此以外我還能說什麼？就算我極力阻止，對方可是位於遙遠的西邊——距離我快要五百公里的地方。

『對了，我在Facebook上也說過，秋津換了第四次工作喔。』

滿臉通紅的茂木不斷地聊著朋友的八卦，完全沒發現我們正在背地裡談著這些話，更沒想到竟然有一位好友想要殺他。

「是喔？他真行耶。」我隨口附和，裝出一副無聊到好笑的樣子，一邊望向螢幕角落的聊天室，代表對方正在輸入訊息、寫著「……」的對白框閃爍了一會兒，接著耳機裡傳來愚蠢的「喘～喘～」電子音效。

〈不可原諒。〉

〈就算是同歸於盡，我也一定要宰了那傢伙。〉

宇治原一直緊抿嘴巴，板著臭臉，看到那張清楚展現出決心的撲克臉，我覺得他一定不是在開玩笑，畢竟他可是有過駭人的「前科」。

我再次敲打鍵盤，正在輸入**〈這樣未免太……〉**的時候。

喘～

——嗯？

我停止了手指動作，注視著聊天室。

〈我只把這張圖傳給你。〉

他傳來一張附上訊息的圖檔。

〈你好好看清楚了。〉

『我最近常常在想，如果當初趁著單身的時候換工作就好了。所以你要換工作的話就得趁早囉，桐山。』

茂木笑著說「你是最後一個單身貴族了」，而他說話的對象就是我。

——不會吧！

我驚訝得說不出話，因為我還無法理解發生在眼前的狀況，以及那張圖檔所揭露的驚人事實。

——這下子真的完了。

一切都在瞬間碎裂。回憶、友情、一切的一切。碎成了粉末。不留半點完好之處。照片上有一對男女融洽地朝鏡頭比出「耶！」手勢。小小一張圖檔，變成了炸毀一切的炸彈。

噹。又是那個電子音效。

我的腦袋一片空白，只靠反射動作望向聊天室。

〈抱歉，我急著出門。再見啦各位。〉

送出訊息的人依然是宇治原，但他這次不是只傳給我一個人，而是傳給所有的參加者。

『啊？都這麼晚了。』

茂木還在說「都已經十點半了」，但宇治原仍然不由分說地下了線，螢幕上只剩下茂木皺緊眉頭的臉。

『怎麼突然跑了?有這麼急嗎?』

我的心跳還在持續加速。

一粒汗珠從臉頰滑到下巴，最後落在睡衣上。

——我該怎麼做呢?

現在的情況怎麼看都很不妙，簡直太瘋狂了。

宇治原最後傳來的那張「照片」讓事情變得更糟糕了。

可是……

他說不定是要出門行凶。

此時此刻，全世界只有我一個人知道這件事。

*

聚會是兩個小時前開始的，大概是晚上八點半。

我從公司回到家，換上在家裡穿的睡衣睡褲，在小矮桌上攤開筆記型電腦，連到指定網址，進入線上會議室。

熟悉的男人特寫面孔立即出現在螢幕上。

『哎呀呀，好久不見了。』

身穿襯衫的茂木抬起手，用帥氣的男中音說著「嗨」，那應該是上班時的打扮。他頂著一頭螺旋燙的光亮烏黑捲髮，英氣凜然的濃眉，憂鬱又帶點懶散的內雙眼皮，尖尖的鷹勾鼻，健美黝黑的皮膚大概是陪客戶打高爾夫時晒出來的，一看就是個符合「外商不動產投資信託公司業務員」形象的花花公子，他已經收起了學生時代如猛禽般的鋒芒，卻多了一份成熟男人才有的韻味和穩重。

「哇，好大。你住的房子一定很好吧？」

『喔！你真有眼光！』

寬敞的客廳以白色為基調，壁紙看起來很高級，從照明的角度來看，天花板應該也很高，後方能看到吧檯式廚房和往內側延伸的走廊，所以他應該是坐在餐桌之類的地方。

「難道你用了虛擬背景？」

『怎麼可能嘛。』

後方的走廊到底之後折向右邊，半途和底端各有一扇門，走廊牆上還裝模作樣地掛了一幅抽象畫。從鏡頭裡看不到屋內的全貌，但看得出裝潢非常時尚優雅。如果他再養隻波斯貓或馬爾濟斯，完全就是個暴發戶了，因為這房子從各方面來看都跟我一人獨居的那間屋齡二十年、坐南朝北的套房截然不同。

『順帶一提，這棟大樓的賣點就是可以俯瞰整個梅田的寬敞景觀。』

茂木彷彿絲毫沒有察覺到我的嫉妒，毫不謙虛地用下巴指向螢幕右邊，那裡想必有個窗戶通往陽臺。

「這該不會是你自己買的吧？」

『我哪裡買得起啊。』

茂木笑著說道，然後重新坐正。

『對了，我們多久沒見面啦？』

我摸著下巴沉吟，立刻算起時間。

茂木應該是在出社會第四年的夏天調職的……

「五年不見了吧。」

『都這麼久啦……』茂木露出沉思的表情。他是在三週前重新聯絡我的。

【嗨，好久沒聚了。】

【或許有些突然，要不要來辦線上飲酒會？】

當時我正從家附近的車站走回家，一如往常，毫不出奇。我還記得自己看到出現在聊天清單最前面的「一男」群組名稱，就在大樓的入口大廳停下腳步。

【怎麼這麼突然？】已讀2

【這個嘛……】

茂木說前陣子下班後走在梅田站前，突然偶遇了宇治原。這也太巧了吧……一問之下才知道宇治原在半年前也調職到大阪了。

【還有喔，你聽了可別嚇到。】

【他住的地方就在我家對面耶。】

【真的假的？哈哈】已讀2

【我還是第一次聽說宇治原調職的事。】已讀2

【抱歉，我只是找不到時機報告。】宇治原送出一張害羞抓著頭的兔子貼圖。

【所以你就想到要舉行「一男」的飲酒會啊？】

——我要解釋一下，「一男」指的不是「一樣的那群男人」。

——而是「一流的男人」。

為群組取名的人就是茂木。

這個聊天群組是在大一那年的五月建立的。我光榮地考進了東京一所知名的私立大學，但是身為外地人，在這裡沒有任何朋友，我們三個邊緣人就自然而然地湊在一起了。

大概是出自共患難的情誼吧，那時我們「一男」動不動就會聚在一起狂歡，但是後來大學畢業，出了社會，過了幾個春夏秋冬，我們聯繫的頻率越來越低，從三天一次變成一週一次，又變成一個月一次，最後這個群組就漸漸被其他的聊天紀錄淹沒了。

我們都有各自的工作要忙，在職場也都建立了新的人際關係，就如同板塊遷移一般，原本連在一起的三塊「新大陸」緩慢且穩定地拉開距離，漸行漸遠。其中最關鍵的變動，應該是茂木結婚和調職到大阪這兩件事吧。

——又不是再也見不到了，別愁眉苦臉的啦。

——這算哪門子的「一流的男人」嘛。

在只有三人參加的小小餞別會上，茂木笑著這樣說道，但我當時就隱約料到會是這種結果了，畢竟我們出社會以後，每次都是茂木開口說「差不多該來聚一聚了」我們才會聚在一起。

那一天的回憶本來已經飄向遠方的水平線，逐漸變得朦朧，如今又突然被「一男」從天涯海角打撈回來。

時間訂在三週後的星期五。之所以選那一天，是因為茂木的妻子那天要帶女兒回娘家，從某個角度來看他那天算是「單身」。

【對了，你家優奈幾歲啦？】已讀2

【三歲了。】茂木迅速地回答，還附上了驕傲挺胸的小熊貼圖。

——如果我以後生了女兒，可能會絕望地痛哭。

——我真擔心女兒哪天會被輕浮的男人搞上。

——到時你們就乾脆地把我和那男人一起殺掉吧。

一想起茂木以前半開玩笑的抱怨，我不禁默默地露出苦笑。我記得自己當時好像是回答「那你應該慶幸自己現在還活得好好的」，事實上應該也是這麼說的。結果茂木竟然是我們之中第一個結婚的，也是第一個生孩子的，果真是世事難料。

【反正想到了就來約一下。】

【OK～】

【真期待。】已讀2

我表面上這樣說，心裡其實有些退縮。

如今我們一年只聊幾句話，還有辦法像過去一樣嗎？雖然我們曾經是吃同一鍋冷飯、每晚一起痛飲、早上在廁所裡宿醉嘔吐的死黨，但我還是難免擔心友情早已變淡。

除此之外，選擇線上聚會的方式也是讓我提不起勁的原因之一，因為網路經常不穩定，打亂了聊天的節奏，再不然就是抓不準解散的時機而拖得太久，總之我參加線上聚會從來沒有盡興過。

『說到宇治原的事，我就想起了那次飲酒會。』

聽到螢幕之中傳來這句話，我才回過神來。

「哪次飲酒會？」

『就是他聲帶長瘜肉那一次啊。』

喔喔，那次啊。我想起來了。

宇治原在三天前向我們報告了一件事。

他寫的內容非常簡潔。

【抱歉，我喉嚨痛，發不出聲音。】

一看到這行字，當年的記憶又浮上心頭，讓我忍不住笑出來。

當時我們是大三學生，季節嘛……我記得好像是秋天。

我們正像平時一樣在學生餐廳嬉鬧時，宇治原帶著沙啞得可怕的聲音出現，對我們說……

——我去看醫生了。

——現在我要麼動手術，要麼就是一個月不講話。

因為他每次參加飲酒會、去KTV，都會過度使用喉嚨，所以患上了若非歌手和搞笑藝人這種靠喉嚨吃飯的行業很少會罹患的「聲帶瘜肉」。

的確啦，宇治原是我們三人之中最活潑的暖場王，多話到甚至有人謠傳他剛生下時沒有哭，而是在分娩室裡講笑話，讓所有人笑到前仰後合，所以他參加聯誼時總是被當成開心果。

——沒辦法，這也證明了我是多麼地能言善道啊。

他在這種時候還能振振有詞地自吹自擂，真是個天生的活寶。

醫生給出兩種治療建議，一種是靠手術切除，另一種是一個月不說話就能自然痊癒，而他選擇了後者。

——割喉嚨實在太恐怖了。

——所以明天聯誼我就當一尊石像吧。

我忍不住吐槽「那你現在也該遵從醫生的吩咐，不要說話」、「你都變成這個樣子了竟然還想繼續參加聯誼？」，不過我們當時覺得這樣也挺有趣的，所以並沒有勸阻他。

『你還記得那次聯誼的結果嗎？』

『當然，那是宇治原有史以來最有女人緣的一次。』

『真是笑死人了。』

——怎麼會有這種事？

——難道我至今說的話全都白說了？

宇治原一邊如此抱怨，一邊像在哀悼長年以來搞砸的無數機會而借酒澆愁的模樣，我到現在都還記得很清楚。

此外……

我也放心地伸手去拿罐裝啤酒。

真是白擔心一場。我們只要聚在一起，立刻就能回到過去，因為我們了解彼此的一切，也都記得彼此過去的失敗和丟臉的往事，所以才能這樣談笑。這證明了我們之間的情誼無論過了多久還是一樣堅固。

我才剛這麼想……

『不過，那傢伙應該還是有很多自己的想法吧。』

「自己的想法？」我察覺到氣氛有些變化。

『就是他半年前調職的事啊，竟然都沒跟我們說一聲。』

「喔喔。」是那件事啊。

茂木繼續說道：

『我在想，他被調職或許不是升遷吧。』

「原來如此……」

『而且他好像還有更煩惱的事。』

「煩惱的事？」

『聽說跟未婚妻有關，詳情我就不知道了……』

從茂木的語氣聽來似乎不是好事，可能是宇治原想要取消婚約，或是對方想要取消婚約吧……正當我在擅自揣測時，茂木把臉湊近鏡頭。

『對了，桐山，那你呢？』

「我？我怎樣？」我歪起腦袋，不明白他這樣問我是什麼意思。

『結婚啊。你現在有女友嗎？』

「喔喔……」我懂了，原來他問的是這個。

雖然聽懂了卻回答不上來，我對自己的反應感到失望。

我沒辦法立刻回答的原因很簡單，因為那段關係跟偷情差不多。

我的對象叫「小南」，我不知道這是姓還是名，甚至不確定這是不是她的本名，因為我們是在半年前透過交友APP認識，約會幾次之後就演變成這種關係。今天稍早的時候我才接到她的訊息說「我晚點去找你玩，你可別先睡了」，所以我連大門都沒鎖，說起來還真是丟臉。

我們相識已經半年，我依然清楚記得第一次見面的那天。

二月某日，晚上九點多，東京地鐵麻布十號站四號出口，我懷著期待和不安站在寒冷的天空下。最先引起我注意的是她漂亮的外表。厚厚的粗呢大衣，光澤亮麗的褐色半長髮因裹著圍巾而變得鼓鼓的。我不太喜歡女生把瀏海弄得像簾子一樣，但她瀏海下方那雙呆呆的下垂眼卻讓我湧出一股保護慾，而她穿著高跟鞋還是矮我一顆頭的嬌小身材也很可愛。

不過，她最厲害的武器是拿捏得恰到好處的「若即若離」。

——明天一整天你都有空嗎？

她在店裡媚眼如絲地拋來了讓人充滿無限遐想的問題，可是到了店外，我一不注意她就坐上計程車，說句「掰掰，下次見」就離開了。她如同一隻白粉蝶，明明快要抓到，卻又被她溜走，明明已經趕入籠子，一晃眼又讓她逃了出去。我嘲笑自己落入她的陷阱，卻又抗拒不了她的誘惑，我果然還是太嫩了。

——其實我很快就要結婚了。

——不過我未婚夫現在被調到仙台，用不著擔心。

她爆出這個驚天祕密的時機，是在我好不容易把她帶回家，正在我的單人床上互相交纏，已經沒辦法踩煞車的時候。

——跟你在一起很愉快。

——大概是因為你跟他不一樣，讓人很放鬆吧。

快收手吧，這可是通往地獄之路喔。我理智上明知如此，卻向自己辯解「這世上有多少男人已經快要攻下城池卻還能含淚撤退？」」，依然跟她跨過了最後一道界線。不過，我現在對自己失望不完全是出自道德的理由。

如果是大學時代的我，一定會把這件事當成戰績拿出去炫耀。怎樣，很厲害吧，很羨慕吧。當時的我天不怕地不怕，也不懂得瞻前顧後，因為我根本沒什麼東西可以失去。

但是現在不一樣，我有了一定的社會地位，而茂木已經結婚，宇治原雖然跟未婚妻有些問題，畢竟還是有未婚妻，大家都腳踏實地走在自己的人生道路上，只有我還這麼不上進地停留在這個階段。一想到這點，就讓我感到羞恥。

「沒有啦。」

『看你剛才的沉默，一定有些什麼。』

「真的沒有啦。」

茂木笑咪咪的，好像還想繼續追問，說巧不巧，此時出現了宇治原進入線上會議的通知。

「喔，來了。」

我如同抓到了救命稻草，而茂木彷彿也不在乎剛才的話題了，露出惡作劇孩子般的笑容說「終於來啦」。

過了幾秒鐘……

『抱歉，我遲到了。』沙啞得像是臨終哀號般的聲音響起，畫面分成了兩格，出現在左邊那格的是帶著幾分孩子氣的「我們的康樂股長」靦腆的笑容。

他留著自然的蘑菇髮型，眼睛又圓又大，笑起來嘴角會大大上揚，不時露出的犬齒會令人想到黏人的博美犬，他身上那種歡愉的氣質依然如昔，我可以理解為什麼他不說話更有女人緣。

『你這傢伙，竟然讓我們等這麼久。』

『抱歉，我被工作拖住了。』

『好了啦，不用勉強說話。可惜你今天不說話也不會更有女人緣。』

茂木使了個眼色，暗示著「你知道這是什麼意思吧」。詭異的沉默延續了幾秒鐘，宇治原也笑容滿面地說「那件事真讓人懷念呢」。大概是網路不穩定吧，對話的節奏有些延遲。就是這樣我才不喜歡線上聚會。

「喂，宇治原，你就是用了便宜的 Wi-Fi……」

『難得有這機會，你就好好運用文明的利器吧。』

我本來想酸他幾句作為問候，不巧茂木和我同時開口說話，我只好不甘願地閉上嘴，沒有繼續說下去。就是這樣我才不喜歡線上聚會。

算了，這就先不管了。

『文明的利器？』宇治原歪頭問道。

『你用聊天室打字吧。』

對耶，這確實是個好方法。

「這樣比較好吧。」我也附和說道。

『那我就恭敬不如從命了……』

宇治原話剛說完就把麥克風關掉，反正他不需要再說話，這大概是為了避免接收到雜音吧。畫面角落的聊天室顯示了寫著「……」的對話框，接著出現**〈這樣就一切OK了〉**。

『那我們正式開始吧。』茂木帶頭舉起罐裝啤酒，我和宇治原也對著螢幕各自舉杯。

『為「一男」的再次相聚……』「乾杯！」**〈乾杯〉**

就這樣，奇特的線上飲酒會拉開了序幕。

我們起初都是在聊過去的事。

最糟聯誼會排行榜的前三名：空手道黑帶的宇治原醉醺醺地在茂木住處的廁所裡搞破壞，害大家沒地方嘔吐的「同時多起嘔吐事件」；一路玩遍全國各地的聯誼居酒屋……諸如此類。和過去一樣，帶話題的通常是茂木，我則是負責搭腔，宇治原也用打字回應，但他大概是因為網路延遲，發笑和點頭的時機老是慢半拍。

一下子就過了六十分鐘。

『對了，在五島列島出事那次真的很慘耶。』

已經喝到滿臉通紅的茂木說得口沫橫飛。

那件事發生在大學四年級的夏天。我們去長崎縣福江島畢業旅行時，在彎曲的山路上沒轉好方向盤，結果把車開進了樹林。

『當時的桐山真是太可靠了。』

〈就是說啊。〉

我吃著下酒的起司鱈魚條，笑著說「果然沒錯吧」。

——沒辦法，地圖 APP 也故障了。

——那要怎麼告訴人家我們的位置？

我沒有理會驚慌失措的兩人，而是從寫在附近電線桿上的地址確認了目前所在地，迅速聯絡租車公司告知我們遭遇的狀況。

「不只那一次吧？」

茂木睡過一次的女生打電話跟他說「我懷孕了，你要出錢讓我去打掉」，搞得他失魂落魄時，我一眼就看穿他是遇到詐騙。宇治原在澀谷中心街差點跟一群酒醉的上班族大打出手那一次，也是我讓場面冷靜下來的。

『是啊，不管發生什麼事，桐山還是一樣穩如泰山。』

〈還差一點就到達沒人性的程度了。〉

茂木是想到就做的衝動派，宇治原是愛起鬨愛耍寶的開心果，再加上「跟這兩人比起來」非常沉著冷靜的我，正是因為我們的差異形成了絕妙的平衡，我們才能共同度過一段不出大錯、愚昧荒唐又燦爛的青春時代。

『話說回來，沒想到我們兩人竟然就住在對面，真是嚇到我了。』

又過了十分鐘左右，話題漸漸變成了各自的近況。

「的確，這實在太巧了。」

『啊，對了。』茂木露出邪惡的笑容，一定是想到了什麼無聊的點子。

果不其然，他緩緩地這麼說：

『宇治原，你去一下陽臺。』

——原來如此。

我明白了他的意思，不禁苦笑。

「算了啦，都這麼大的人了，還這麼愛胡鬧。」

『少囉嗦。Come on，宇治原。』

茂木說完就站起來，消失在畫面右邊。

——這傢伙也真是的。

我嘆著氣靜觀其變，宇治原隨即跟著起身，看來他也很有興致嘛。他的畫面搖搖晃晃，經過客廳，出現一大片玻璃窗，窗子打開就看見聳立在對面的大樓。

我隱約聽見了「喂」的喊叫聲。宇治原早已關掉麥克風，這聲音應該是從茂木的電腦傳來的。鏡頭在黑暗之中把角度轉向下方，有一條人影在對面陽臺上揮手。

兩人之間隔著馬路，相距大約二十公尺。

「你們真是一點都沒變。」我笑著說道，兩人很快又回到了原位。

『怎樣？很驚人吧？』

「看到你們還是一樣蠢，我就放心了。」

茂木做出要揍人的姿勢說「閉嘴啦」，然後睜大眼睛，「啊」了一聲。

『突然想到，我還沒吃晚餐耶。』

〈其實我也是。〉宇治原打字說。

「是喔？我只吃了一點啦……」

『那要不要來比賽？』

「比賽？」他又有什麼鬼點子了？

『我們來比比看，誰能最快叫來 Uber Eats。這是大阪和東京賭上顏面的世紀對決。』

「你乾脆辭職去當 YouTuber 算了……」我雖然嘴上吐槽他，卻不禁懷念起大學時代的氣氛，所以也爽快地答應了。

『三分鐘後同時下訂單喔。』

我們各自用手機 APP 下好訂單以後，茂木突然正色說道：

『我說宇治原啊，你到底發生了什麼事？』

聽到他的詢問，宇治原的表情似乎變得有些僵硬。

茂木先前提過宇治原跟未婚妻之間有些問題，他應該就是在問這件事。

真不愧是行動派啊……竟然沒有先試探一下，直接來了個急轉彎，要是在馬路上這樣開車鐵定會出大事。

宇治原沉默片刻才打出〈事情是這樣的……〉，後續內容大致如下：

他有個交往四年的女友，是他們公司的內勤職員，比他小兩歲，在他調職之前兩人是同事。宇治原大約在半年前向她求婚，不幸的是他不久後就被調到大阪，因為突然變成了遠距離戀愛，所以結婚的事情也被暫時擱下。

〈她的名字是有村穗香。〉

宇治原打了這行字之後，聊天室陷入了沉默。我疑惑地想著，為什麼在這時停頓？可是宇治原只是一臉嚴肅地注視著螢幕。我猜他或許是要確認我認不認識她，其實他只要直接問我「你們認識嗎？」就好了。當然，我不認識他的未婚妻，茂木應該也不認識她，尷尬的氣氛瀰漫在我們之間。大眼瞪小眼好一陣子，宇治原又若無其事地繼續打字。

〈我最近發現了一件事。〉

他懷疑自己的未婚妻出軌了。

聽到他的自白，茂木瞪大眼睛喊了一聲「啊？」，不過這種事正常得很，因為宇治原在大學時代曾經兩度因女友出軌而分手。都看過這麼多次了，茂木也該知道這傢伙選女友的眼光很差吧。

『你這次為什麼會發現？』

〈都是一些小事。〉

譬如說，他週末回東京找她時，她看手機的次數大幅增加，把手機放在桌上一定是正面朝下，之前她要跟別人出去喝酒都會說「要跟誰去」，現在卻常常不解釋。

『不愧是劈腿專家。啊。應該說被劈腿的專家。』茂木說出了若非有過深厚情誼鐵定會立刻鬧翻的惡劣玩笑，不過這件事實在讓人笑不出來。

〈剛才她又丟來一句『我等一下要出去喝酒喔～♪』，我猜她多半是要去見那傢伙。〉

「虧你還能這麼鎮定。」

我脫口說道，茂木一聽就笑著說：

『你有什麼資格說別人啊？』

然後還對宇治原問道「是吧？」。茂木的語氣很輕鬆，但表情有些僵硬，一定是想起了宇治原鬧到警局的「那件事」吧。

在我們大三那年春天，宇治原沒有事先通知女友，突然跑去找她，結果撞見女友正在跟一個陌生男人親熱，他立刻跑進廚房抓了一把菜刀，衝向他們，嘴裡喊著「我要先宰了你們兩個再自殺」。

宇治原是個心胸寬敞的人，他跟誰都能很快混熟，總是無條件地相信別人，也比一般人更容易受傷，若是被信任的人背叛，他會馬上翻臉不認人，凶殘到能砍斷對方每一條手筋。而我們都知道他這種性格。

茂木和我交換了一個「默契的眼神」，宇治原渾然不覺地繼續說：

〈大概在兩個月前，我趁她洗澡的時候偷看了她的手機。〉

但他發現，她的通訊 **APP** 以前從不上鎖，如今卻設定了密碼鎖。

『一看就知道有問題。』茂木用一副老江湖的態度點頭，我也附和地說著「就是啊」。

〈我當然也這麼想，所以……〉

他立刻檢查了另一個東西。

〈就是通訊紀錄。〉

『喔！』

〈如我所料，果然留下了痕跡。〉

有個可疑的號碼跟她聯絡得很頻繁。

『你還真精明。』茂木顯得很興奮，宇治原的表情卻有些猶豫。

〈話是這麼說沒錯。〉

『但是？』

〈我準備先放任她一陣子，還在她的手機安裝了GPS定位系統。〉

他這種誇張的行為讓我忍不住大叫：「什麼！不會吧！」

『這傢伙真是鐵了心耶。』

〈我想要盡量多蒐集一點證據。〉

『她一定會發現吧？』

〈目前還沒有。〉

宇治原說她的手機裡下載了很多APP，就算混入一個陌生的APP，她也不會發現。大約一個月前，他又找到了新的證據。

〈那天她本來說要待在家，但我發現她深夜去了其他地方。〉

一查之下，他發現那裡只是普通的公寓。

『錯不了，一定是出軌了。』

茂木說得沒錯，這情況任誰看了都會懷疑她在劈腿，應該說，已經有這麼多的證據，就算想否認也沒辦法。

「那你立刻跟她攤牌分手不就好了？」

我忍不住問道，宇治原依然板著臉，打了這行字：

〈我一開始也是這麼想，但我們的關係不是說斷就能斷的。再怎麼說我們也是交往了四年，兩人之間還是有感情的。如果我裝作不知道，事情或許還有可能好轉……〉

「這樣說也沒錯啦。」我裝傻地附和說道，心裡想到的卻是「小南」的臉……如果她那個調職到仙台的男友發現了我們的事會作何感想？會氣到發狂，還是會像宇治原這樣假裝不知道呢？不過我也沒立場擔心這種事。

就在此時，一聲門鈴宣告了訪客的到來。

『喂，剛才的聲音是……』

「看來是東京贏了。」

我為了揮開凝重的氣氛而勉強擠出笑容時，宇治原也打出一句**〈啊，我這邊也來了〉**，隨即關掉鏡頭。茂木裝出不高興的表情說『我竟然是最後一名，混帳』，我也離開位置跑去開門。

我從送貨員手中接過豬排飯，將加點的罐裝啤酒夾在腋下，回到小矮桌前坐下。

「咦，茂木呢？」

螢幕上只見宇治原的臉。他的嘴巴咀嚼著，應該是自己先開動了。

〈他那邊大概也送來了吧。〉

我拉開啤酒拉環，打開豬排飯的塑膠蓋，隨口回答「是喔？」，宇治原接著又傳來訊息。

〈我得跟你說一件事。〉

「嗯？」

〈你別出聲。〉

「啊？」我不明白他的意思，手上的筷子停了下來。

〈我們用打字來溝通。〉

幹麼這麼神祕兮兮的？我不解地一邊扒飯，一邊盯著畫面角落的聊天室，終於明白他是什麼意思。

【Ujihara 給您的訊息：】

跟先前不一樣，這是只傳給我一個人的私訊。

我把豬排飯放在桌上，回了一句**〈怎麼了？〉**。

〈茂木的家裡還有別人。〉

「什麼！」一粒米飯隨著我的驚呼噴出。事情的發展遠遠超乎我的預料，但我想起他剛才的提醒，馬上改成在聊天室打字。

〈什麼跟什麼啊（笑）〉

〈他後面不是有一扇門嗎？〉

〈嗯。〉

〈你不在的時候，我看到有個女人出來又進去了。〉

〈怎麼可能嘛。〉

我只能這樣回答，但宇治原的表情很認真。

他看見了「神祕的女人」，但茂木的妻子已經帶女兒回娘家了，所以那女人鐵定不是他妻子。我第一個想到的是「會不會是你看錯了？」，但宇治原都清楚說了「出來又進去」。

——這是整人遊戲嗎？

我頭一個想到的就是這個解釋。

〈一定有別人，不會錯的。〉

〈等他回來再問問看吧。〉

在我們對話時，茂木提著塑膠袋從走廊回來，像先前一樣坐在右邊那格畫面的中央。

『久等啦。』他的表情跟平時沒有兩樣。

我立刻開口問道：

「嘿，茂木，你現在是一個人在家嗎？」

聽到這個問題，茂木皺眉回答：

『啊？是啊，怎麼了？』

「真的只有你一個人？」

『喂，別鬧了。』

他戲謔地笑著說「幹麼啦，很可怕耶」。要說他在演戲確實很像，但他平時說話也是這種調調。

『為什麼這樣問？』

「宇治原說在你離席的時候看到了一個女人。」

『啊？怎麼可能嘛。』

茂木笑著吐槽「真的很可怕耶，別再說了」，但宇治原依然沒有任何表情，如同戴了面具。茂木可能從他嚴肅且有些僵硬的表情察覺到氣氛不對，就無奈地說「好吧好吧」，再次站起來。

『我去看看就是了。總覺得有點恐怖。』

說完他就走過去，打開走廊途中和底端的門，進房查看。

可是……

『明明就沒有人。』

茂木回來以後盡量用公事般的語氣報告，雖然他的臉上掛著微笑，那雙黑白分明的眼中卻讀不出任何感情。

——現在是什麼情況？

假如不是整人遊戲，那只有三種可能：要麼是宇治原說謊，要麼是茂木真的藏了一個人，再不然就是有人「在茂木不知道的情況下潛入了他家」。我想應該不會是第三點，因為茂木不只打開門，還親自進去檢查，他身為房子的主人，怎麼可能看不出來有人闖入？既然如此……

我艱澀地吞下口水，交互望向螢幕上的兩人。

——是哪一個？

說謊的是茂木還是宇治原？

無論是誰在說謊，事情都很不對勁。

一定有些我不知情的事，而且鐵定不是好事。

「線上飲酒會」在詭異的氣氛中繼續進行，但先前的愉快氛圍已不復見，我越看越覺得茂木的多話只是用來隱藏祕密的小把戲，而宇治原的眉頭始終皺得緊緊的，好一陣子都沒再打出給全員的訊息。

『對了，聽說佐佐木快要離婚了耶。』

又過了十分鐘左右，我們開始聊起共同朋友的八卦。

我正在聽茂木說話時……

「咦！」我頓時睜大眼睛。

背脊冒出一股惡寒。

醉意一下子都清醒了，接著全身冒起雞皮疙瘩。

同時我家浴室也傳來喀噠的一聲，我吃驚地朝那邊望去。

『嗯？怎麼了？』

「沒有啦，沒什麼事。」

大概是有東西倒下來了。

這不重要，重要的是……

我回想著剛剛看到的畫面，這事已經沒有質疑的餘地了。

因為我親眼看到了。

我看見了宇治原說的「神祕女人」。她的背影從走廊途中的門走出來，接著走進走廊底端的門，而且關門時發出的那一聲「磅！」讓我更加確信。

〈看到了吧？〉宇治原立刻傳了訊息過來，我沒有回覆他，而是直接質問茂木。

「喂，那是誰？」

『啊？你說什麼？』

「剛才出現了一個人，我連聲音都聽到了。」

『你有完沒完啊？我剛才明明檢查過了。』

「再裝下去就太假了喔。」

我光看畫面都注意到了，更何況還有那麼大的聲音。茂木身在屋內，怎麼可能沒有發現？

「那你現在帶著電腦去拍走廊底端的房間給我看。」

『開什麼玩笑，我幹麼要做這種事？』

「這又不是多困難的事。還是說，房間裡有什麼不能見人的東西？」

『才沒有……』

「好啦，你就乾脆地說出來吧。」

反正一定是整人遊戲，都已經被看穿了，再裝下去也沒意思。我正打算這樣吐槽時，那個呆呆的「啪～」音效又出現了。

〈你不動聲色地聽我說。〉

果不其然，是宇治原傳訊息來了。

『搞什麼啊，你們是在整我嗎？』

「是你在整我們吧。」

在我們對話時，又來了一句訊息。

〈剛才出現的女人……〉

『如果你再胡說八道，我真的會翻臉喔。』

「你這傢伙……」

我正準備嘆氣，結果卻僵在原地。

因為宇治原傳來了這句訊息。

〈是我的未婚妻。〉

我不敢相信。

〈我之前說的定位系統，現在顯示位置就是在我家對面。〉

我也不願意相信。

『怎麼了？』

「沒有，沒什麼啦。抱歉……」

我含糊其詞，忍不住站起來說「先去尿個尿」。

我腳步蹣跚地來到走廊，逃命似地走進衛浴間，站到馬桶前。廁所感覺比平時更狹窄，這是因為隔開浴缸和洗臉臺的浴簾拉上了，還是因為我的思緒陷入了混亂？總之狹窄的壓迫感反而令我感到慶幸，不然我腦海鐵定會無邊無際地冒出亂七八糟的猜測。

——不可能的，冷靜一點。

我試著整理思緒，但我再怎麼想都只能想到一些不切實際的幻想情節。此時彷彿只有尿液落在馬桶裡的不雅聲音還能讓我保有日常生活的平凡感。

——怎麼會這樣？

如果茂木想搞外遇，今晚確實是最佳時機，因為他妻子帶女兒回娘家了，沒有比現在更好的機會了。而且考慮到他學生時代的行徑，就算他真的做出這種事也不奇怪。

可是……我用力按下沖水把手。

如果他外遇的對象是宇治原的未婚妻，情況就不同了。

——茂木對此知情嗎？

他是早就知道一切，才會堅稱「家裡沒有別人在」嗎？姑且不論他是不是存心的，他應該知道我們看到的「神祕女人」就是正在螢幕上跟他對話的宇治原的未婚妻。

如同固定程序，我用毛巾擦乾手。

——若是這樣也很奇怪。

因為我們早在三週前就約好今天要舉行線上飲酒會，茂木怎麼會偏偏選在要和宇治原見面的這天把他的未婚妻約到家裡？未免太白痴了吧。

宇治原的未婚妻也很莫名其妙。

就算我退一百步，假設她確實是因為未婚夫突然調職而出軌了，但她有必要千里迢迢地跑到大阪找其他男人嗎？就算真的要出軌，她頭一個就該避開大阪才對吧？結果她卻偏偏跑到自己未婚夫工作的城市和一個有婦之夫搞外遇？她的危機處理能力有沒有這麼爛啊？

我心情沉重地回到電腦前，接下來的發展非常迅速。

〈我現在要去殺了那傢伙。〉

〈你可別阻止我，我已經下定決心了。〉

〈就算是同歸於盡，我也一定要宰了那傢伙。〉

還有……

〈我只把這張圖傳給你。〉

看到那張圖檔的瞬間，一切都在瞬間翻盤了。

*

「茂木，絕對不要讓宇治原進你家喔！」

回過神來，我已經朝著螢幕喊出了這句話。

『啊？』

「他等一下就會去你家！你絕對不能開門喔！」

『我完全聽不懂你在說什麼。』

這也是當然的。

但我現在沒空仔細向他解釋。

「他誤會你就是他未婚妻的出軌對象！」

『啊？出軌？』

他生氣地說「我才沒有幹這種事」。

「是啊，我也知道你沒有。」

為什麼我會知道？當然是因為剛才那張照片。

一對男女相親相愛地比出「耶！」手勢。我不用問也知道那是宇治原和他的未婚妻。

這一點本身沒什麼大不了的。

問題是，那個女人的長相怎麼看都和我的偷情對象「小南」一模一樣。

「總之絕對不能讓他進你家！」

我一口氣說完後，呆滯地仰望著天花板上的日光燈。耳機裡傳來茂木驚慌的聲音，但我根本沒有聽進去。

——怎麼可能……

宇治原未婚妻的出軌對象不是別人，就是我本人，這可不是只用一句「我不知情」就能交代過去的，當然也不可能光靠道歉就能了事。事既至此，我們的堅固友誼已經受到了永遠不可能挽回的嚴重毀壞。話雖如此……

我還是有些事想不通。

因為宇治原剛剛說過這句話：

〈我之前說的定位系統，現在顯示位置就是在我家對面。〉

我怎麼想都想不明白。

因為他裝了定位系統的手機現在應該在「我家」才對。

我瞬間恢復了以往的冷靜。

——現在放棄還太早。

因為宇治原還沒發現「關鍵的問題」，至少他還沒發現未婚妻的出軌對象是我，如果我在他發現事實之前先斬斷這段關係，或許就能大事化小，小事化無。

再說，就算未婚妻被人睡了，宇治原也不可能真心想殺死茂木，就算他真的動了殺機也不會出事的，因為他去了茂木家以後一定能解開誤會。不管那個「神祕女人」究竟是誰，反正我確定她絕對不是「小南」——宇治原的未婚妻有村穗香。

總之我先找她問清楚吧。

等我先跟她談過，再來決定要怎麼做。

正當我下定決心時，門鈴聲告知有人來訪。

我艱難地起身，看看對講機上的畫面，正如我所料，有位穿著無袖上衣的女人在揮手。白皙肌膚，染成褐色的披肩半長髮，溫和的下垂眼。毫無疑問，她就是剛剛那張照片上的女人。

「老樣子，門沒鎖。」

我說完這句話，按按鈕幫她打開樓下的大門，然後回到小矮桌前。進入睡眠模式而變暗的電腦螢幕映出一個臉色蒼白的男人呆呆地看著我。茂木不知何時已經離開了線上會議。

我突然發現，空調的嗡嗡聲在不知不覺間停下來了。

屋內靜得像是即將槍斃犯人的刑場，這時玄關的門打開，隨即傳來上鎖的聲音。但我沒有像平時一樣說「歡迎回家」，而是默默地凝視著螢幕上的自己。

腳步聲從走廊傳來，我的房門隨即被打開。

「小南是妳的假名吧？」

我依然凝視著螢幕，平靜地、輕鬆地如此問道。

「妳說未婚夫調職到仙台也是騙我的吧？」

「等一下，你在說什麼啊？」

「光是這樣還沒關係。光是這樣我還可以不跟妳計較。可是……」

我咬緊嘴唇。

我是在為什麼事發脾氣？我是在指責她什麼？因為她沒告訴我她是宇治原的未婚妻？不對，不是這樣。站在她的角度來看，她本來就沒必要告訴我這些事。

所以我氣的應該是自己的輕率。快收手吧，這可是通往地獄之路喔。我理智上知道這樣不對，卻還是明知故犯。都是因為這輕率的行動，都是因為一時的慾望，導致我親手毀掉了和好友之間長年建立出來的情誼。這才是我最難以忍受、最不能原諒的。

如今我卻只顧著譴責她，這樣不對。

雖然我知道是自己不對……

「你聽我說……」她的聲音求助似地顫抖著。

「閉嘴。」

「你聽我說啦！」

「就叫妳閉嘴……」

我大吼著轉頭望向她。

然後……

我再也說不下去了。

「打斷你們真是抱歉。」

她隨著我的視線轉頭看過去，立刻發出「呀！」的尖叫。

「好久不見了，桐山。」

是宇治原。

出現在我面前的人竟然是宇治原。

背包咚的一聲掉在木地板上。嚇到腳軟的她被宇治原從背後架住，一把菜刀抵在她的脖子上。

「大約五年沒見了吧？」

我連一句適合的回答都想不出來。

從背後抓住小南的人正是她的未婚夫宇治原，他的手上拿著一把亮晃晃的菜刀，而且……

「你是怎麼進來的？」

我明明親耳聽見，她進來之後確實鎖上了門。如果宇治原是趁她進門的時候闖進來，我一定會聽見她的尖叫或其他騷動，也就是說，她從進入樓下的大門直到進入我家，都沒發現宇治原的存在。從她剛才驚嚇的態度來看，一定是這樣沒錯。不，更重要的是……

宇治原怎麼會出現在這裡？

「真是的，你完全被騙了呢。」

宇治原大概看出了我滿心混亂，他用束線帶綑住小南的雙手雙腳之後，就向我娓娓道來。

「一切都是我和茂木共同設下的陷阱。」

「陷阱？」

「我還是從頭說起吧。」

最後他將毛巾塞進她的嘴裡，隨手把她丟在木質地板上。

「你知道的，我早就懷疑這女人出軌，也查到證據了。然後……」

他從留在通話紀錄的電話號碼發現了她出軌的對象就是我。

「我太震驚了……簡直就是晴天霹靂。」

宇治原自嘲似地喃喃說著，望向自己的腳下。

躺在地上的她似乎察覺到什麼，「咿」地倒吸一口氣，認命地閉上眼睛。

「所以我要殺了她。」

「啊!?」

「不管怎樣，這件事都沒有轉圜的餘地。我收到調職的命令後，這女人還跟我說『如果你在外地出軌了，我會殺了你喔』，結果她自己竟然偷偷摸摸地幹出這種事？這就叫報應吧。」

「就算是這樣……」

我正想說「也沒必要搞出人命」，但是被他用冷得像冰的眼神一瞪，我就什麼都說不出來了，因為他的眼神顯然正在對我說「醒醒吧，你沒資格說這種話」。

「問題是我該怎麼處置你。」

「處置我？」什麼意思？

「老實說，我到現在還沒決定要對你怎樣。」

宇治原靜靜地垂下視線。

「因為我必須先確認一些事。」

「確認什麼？」

「確認你到底『知不知道』。」

這句話令我驚恐地吸了一口氣。

我立刻就想解釋，但宇治原似乎根本不打算聽我說，我才說了「我……」就被他打斷。

「如果你早就知道了，我該怎麼做才能確認呢？」

宇治原像是在自言自語，再次抬起頭來，他天生的喜感此時已經蕩然無存，雙眼如同鉛塊一般沉重、冰冷、僵硬。女人依然在地板上扭動著上身，但他彷彿完全看不見。

「就算把你叫出來當面對質，只要你死不承認，那我永遠都找不到真相。更何況你還是個出了車禍依然面不改色、霹靂無敵冷靜的傢伙，用普通的方式一定行不通。」

要讓我失去冷靜，就只能把我丟進異常的事態中。

「後來我想到了這個線上飲酒會。」

他打算徹底利用線上聚會的特性製造出破綻和恐慌，逼我主動說出真相。這就是他的作戰計畫。

「所以我請了茂木來幫忙。」

宇治原一邊說，一邊左右傾斜脖子，頸骨發出喀喀的聲響。

「茂木聽我講完理由也很氣憤地說『一定要好好教訓他一頓』。」

前提是我確實知道自己搞上的是宇治原的未婚妻。

「『第一招』是茂木出的。」

說完之後，宇治原試探似地抬了抬下巴。

「在我加入線上會議之前，他是不是問了你什麼？」

這時我想起了幾句對話。

——桐山，那你呢？

——你現在有女友嗎？

「我想，如果我不在場，你或許會老實地說出來。」

而且出現在螢幕上的人遠在大阪，就算我有銅牆鐵壁般堅固的心防，或許也會因為無意識的安心感而放鬆下來。

可是我沒有爽快地告訴茂木，而是含糊其詞。

「反正這只是一開始的小試身手，我本來就不認為你會這麼輕易說出真話。」

宇治原用下巴指向躺在地上的女人。

「接著是『第二招』。你記得我在對話之間提過這女人的名字吧？」

喔喔，他是說那時的事啊？我立刻就想起來了。

最能引起我注意的自然是他當時詭異的停頓。

〈她的名字是有村穗香。〉

他打出這句話以後，聊天室不知為何陷入了沉默。那時我也感到不解，為什麼宇治原要特地說出未婚妻的名字？如果他想知道我們認不認識她，大可直接問我們嘛。

「可是，這次你的表情還是沒有表現出任何端倪。」

宇治原微笑地說道，犬齒露了出來。

「所以我又使出『第三招』。我告訴你茂木家裡有女人，而且是我的未婚妻。」

他甚至揚言要殺了茂木。

「順帶一提，那女人其實是茂木的太太。他說太太要回娘家是假的，因為他聽我解釋原因之後就答應會幫忙。」

如果我早就知情，看到這麼異常的情況恐怕會忍不住說出實話，因為我的兩位好友顯然「因為誤會」而即將變成殺人凶手和被害人，我當然會不顧一切地試圖阻止，搞不好我會直接說出「等一下，宇治原，你搞錯了，你未婚妻的出軌對象是我啦」。

「可是……就算演變成這種局面，你還是不肯鬆口。」

「不是的！」我不是不肯鬆口，而是根本不知情。

但我又沒辦法證明這一點。

「於是我使出『最後一招』……本應在大阪的我突然出現在你面前。」

宇治原冷冷地說道，他佇立在日光燈刺眼光線之下的身影也很冰冷，就像一尊製作精美的蠟像。

「到了這個地步，我只能跟你當面解決了。」

「呃，可是……」他到底是怎麼弄的？

我們不是剛剛還在線上會議聊天嗎？

宇治原似乎看出我的疑惑，用一副理所當然的態度說出「是錄影啦」。

「我用虛擬背景播放事先錄好的影片。」

他把腳邊的背包踢過來。

「裡面的 iPad 存了檔案。」

我依言拿出 iPad，遵照他的指示打開一個檔案，用顫抖的手指按下播放，隨即聽見……

『抱歉，我遲到了。』『文明的利器？』『那我就恭敬不如從命了……』

這不就是我剛剛在電影螢幕上看見的宇治原嗎？

「你和茂木看到的是我事先錄好的影片，真正的我一直待在這棟大樓前面的出租車裡。我還先請了年假。」

他進入線上會議，播放事先錄好的影片，一邊用無線鍵盤打字聊天。之所以要使用無線鍵盤的理由不言而喻，因為他若是坐在電腦前面打字，就會遮住虛擬背景播放的影片，露出馬腳。

「真的很不容易呢。」宇治原笑得肩膀顫抖。「我事前還排練過好幾次。」

開始播放後，幾分幾秒要笑，幾分幾秒要皺眉，幾分幾秒要走上陽臺。為了避免對話時牛頭不對馬嘴，他一次又一次地練習。

宇治原聳著肩膀說：

「話雖如此，要讓錄影的對話完全對上現實的對話是不可能的……」

所以他必須加入「發不出聲音」這條設定，影片中的宇治原只要簡單地露出微笑、點頭，或是一直板著臉，靠著這「無聲的附和」再加上打字，就能順利地維持對話。

但我還是有地方不懂。

「那一開始的對話呢？」

在會議剛開始時，茂木和他明明有一段直接對話……

宇治原一聽就點頭說：

「喔喔，這點根本不用擔心。因為……」

因為一開始的對話只是些簡單的問候。

「所以你提到 Wi-Fi 的時候，我還真有些慌張。」

「喔喔……」這樣我就明白了。

——喂，宇治原，你就是用了便宜的 Wi-Fi……

——難得有這機會，你就好好運用文明的利器吧。

我的話才說到一半，就被茂木的聲音蓋過去了。

我本來以為這是線上聚會的常態，沒有放在心上，原來那是茂木為了避免話題對不上而故意妨礙我嗎？

「不過我早就知道一定能順利地掩蓋過去。」

「為什麼？」

「因為『一男』的領袖是茂木啊。」

負責帶話題的人通常是最有行動力的茂木，我則是負責搭腔，偶爾吐個槽。依照我們之間的習慣模式，很簡單就能控制住對話，事實上在開頭那段對話之中，我除了Wi-Fi那句之外都沒有插過嘴。

——你這傢伙，竟然讓我們等這麼久。

——抱歉，被工作拖住了一下。

——好了啦，不用勉強說話。

——你用聊天室打字吧。

所以茂木很積極地掌控聊天的方向，靠著開口對話讓我相信宇治原實際參加了線上會議，接著又不著痕跡地讓他改成打字聊天。

「但是要完美地對上時機還是太困難了，你一定也發現了很多不對勁的地方吧？」

他說得沒錯，我不時會感到「怪怪的」，心想宇治原發笑點頭的時機好像有些延遲。不過，時間差一點點也不是什麼大問題，線上聚會本來就會因為網路不穩定而延遲。

「那茂木他家也是……」

我脫口說道，宇治原點頭說：

「沒錯，那不是他家，而是我仙台住處對面的週租公寓。」

他租了對面的房間一週，找來一位和茂木體型相似的同事，請對方在陽臺上配合演戲。得知真相之後，我才發現一件事。

——順帶一提，這棟大樓的賣點就是可以俯瞰整個梅田的寬敞景觀。

仔細想想，茂木這句話也很不對勁。

因為宇治原走到陽臺上就把鏡頭角度往下調整，這表示宇治原所在的樓層比茂木所在的樓層更高，而且兩棟房子只隔著一條馬路，頂多相距二十公尺，但茂木竟說「賣點是寬敞景觀」。窗子對面只隔一條馬路的地方明明有一棟樓層更高的建築物，怎麼可能有寬敞的景觀？這或許是茂木唯一犯下的錯誤。

還有一件事我沒搞懂。

——那要不要來比賽？

——我們來比比看誰能最快叫來 Uber Eats。

他應該不是真的餓了吧？

宇治原露出扭曲的笑容說著「啊啊」，解釋了茂木那個提議的用意。

「那是為了找出你家而設的局。」

「啊？」

「靠著手機定位系統，我找到了你那棟大樓的位置，但是……」

他實際來勘察時發現樓下大門是自動鎖，就算有定位系統也沒辦法查到房號。

「如果光是在樓下大門外面站崗，那就太拙劣了。」

依照至今的「統計」，他知道未婚妻這天來找我的機率很高，但又不保證她百分之百會來，就算她真的來了，也不見得會乖乖帶他進我家。

「所以我利用了 Uber Eats 的送貨員。」

他裝成這裡的住戶，若無其事地跟著送貨員走進樓下大門，一起搭電梯，在同一層出電梯，看到送貨員去哪家就知道我家是哪一戶了。

「原來如此……」

難怪我這邊送到的時候，宇治原立刻說〈**啊，我這邊也來了**〉，還關掉了鏡頭，因為他必須跟著送貨員移動，後來播放的影片也得換成已經拿到外送的影片。

「順便再告訴你一件事，我本來的計畫是查到你的房號之後就在一樓大廳等待，等時候到了再衝進你家……」

不過他在送貨員離開後，試著轉了轉門把，發現門竟然沒鎖。

「你是要幫這個混帳女人開門吧？」

看見他挑釁的眼神，我頓時全身寒毛直豎。

——難道……

我頓時想起了廁所裡的景象。

浴簾是「拉上的」。

「想必不會有人在參加線上會議時跑去沖澡。」

原來宇治原早就潛入我家了？

他一直屏息躲在浴缸裡等著這一刻？

「老實說，從頭到尾都很驚險。」

宇治原蹲在未婚妻身邊，菜刀的刀尖抵在她毫無防禦、白皙到可悲的喉嚨上。她隔著毛巾「嗚嗚」呻吟，雙眼充血泛紅，瞪大到眼珠子都快掉出來了。

「從各方面來看，連老天爺都在幫我的忙。」

我輸了，輸得徹徹底底。

即使我甘拜下風，也改變不了這個絕望的局面。

因為從宇治原的角度來看，他用盡了所有招式還是沒辦法讓我鬆口。

我到底該怎麼做才好？

就算我能翻天覆地，也沒辦法證明自己不知道這件事。

——他真的會殺了我嗎？

我的心底湧出強烈的不安，忍不住往旁瞄去，我的手機還放在小矮桌上。如果我現在迅速地拿起手機打一一〇報警……不行，鐵定來不及。

我應該思考的是危急之時要怎麼制伏他。

——我贏得了嗎？

對方手上有刀，而且他已經豁出去了，而我只有赤手空拳。

就在我準備抵抗時……

「不過，這次也讓我學到了一件事。」

宇治原如此說道，還露出笑容。

「或許可以說是教訓吧。」

我只能愣愣地聽著，他繼續說：

「你們還沒發現我的時候，有過這樣的對話……」

——小南是妳的假名吧？

——妳說未婚夫調職到仙台也是騙我的吧？

——等一下，你在說什麼啊？

「如果你早已知情，就不會這樣說了。」

這就像伸到地獄的一根蜘蛛絲。（註4）

「然而你劈頭就向她問這句話，你當時嚴肅質問的語氣聽起來也不像在演戲。

幸虧我親自跑了這一趟，才能看見真相。」

「宇治原……」

4　釋迦牟尼賜給地獄罪人的救贖。典故出自芥川龍之介的《蜘蛛之絲》。

「你可別看扁了『一男』喔。」
宇治原蹲在未婚妻身邊，露出開懷的笑容。
原本緊張的氣氛頓時煙消霧散。
所以他會原諒我們嗎？
正當我如此期待著……
「這就是我學到的教訓。」所有的表情瞬間從他的臉上褪去。
「喂，不要……」
刀光毫不遲疑地閃過，割裂了女人的咽喉。
臨終的慘叫。
飛濺的血花。
——最後到來的是寂靜。
此時我唯一能聽見的，是叮叮噹噹的風鈴聲。
還有……
他歷經千辛萬苦才學到的「教訓」。
「那就是『重要的事情不能在線上說，只能當面說』。」

#歡迎轉發

0:00

我咬著嘴唇，仰望著烏雲密布的夜空。

仔細想想，每件事都很奇怪，不是嗎？家人、朋友，還有島上的生活，全都很奇怪，我卻一直沒有發現。我根本不可能注意到，因為我所知的「世界」只有這個島。

轟隆隆的海鳴聲傳來。水平線的盡頭彷彿正在顫抖。

——不對。

正在顫抖的是我的雙拳。

我的憤怒、憎恨、衝動應該向誰發洩？我不知道，我也想不到。我要怎麼辦？我該做什麼？但我不知為何並沒有感到迷惘。我已經無法回頭了，而我也不打算這麼做，因為這算是某種「宣戰」。

海鳴聲逐漸消失。

以此為信號，拍攝開始了。

「嗨，大家好，我是渡邊珠穆朗瑪。我今天要把一件凶殺案的『真相』攤在陽光底下，不過，在那之前……」

我不能不提過去的那件事。

距今三年前，我小學三年級的暑假。

一切都是從那天開始的。

1:07

那天吃完晚餐後，我窩在沙發上看著最近流行的動畫。

「已經三十分鐘囉。」

「再三分鐘啦。」

我往後方偷瞄，正好和身穿圍裙的媽媽對上視線。就像說著「真是拿你沒辦法」，她的眼神中既有著不滿又充滿包容。我家的規矩是「每天只能看電視三十分鐘」，但媽媽總是會默許我多看幾分鐘。

「你每次都這樣說，結果又多看了十分鐘。」

「今天真的只看三分鐘。」

「真的嗎？我等著看。」

我的父母比一般家長更重視教育，除了不能看電視以外，也不能打電動，買手機就更不可能了，但我並不覺得匱乏，因為我的生活中沒有任何困擾，父母大而化之的性格也不至於讓我覺得喘不過氣。

——爸爸和媽媽都厭倦忙碌的生活了。

——所以我們覺得鄉下才適合養育孩子。

在我出生之後不久，我父母就決定要搬到匁島。

——這裡的環境真是太棒了。

我不確定父母的工作是什麼，好像是網站的設計師還是創作者，總之就是那一類的行業，所以只要有一臺電腦，在哪裡都能做。薪水雖然不多，但生活不需要過得多奢侈，他們更在乎的是用錢買不到的「經驗」。這對父母確實挺怪的，光看他們因為想教出世界最優秀的孩子而把我命名為「珠穆朗瑪」就知道他們有多怪了。

【接下來播放新聞。今天晚上七點多，一位二十多歲的男性在長崎站前被人刺傷腹部而身亡，警察在案發現場的附近逮捕了一名無業男子，警方問案時，男子表示「一定要有人站出來」……】

我忍不住叫出「咦！」的一聲。

沒看錯的話，電視上那張受害者照片是我見過的人。

「我今天遇見了這個人耶。」

媽媽皺著眉頭說「你說什麼？」，轉頭望向電視。

【經過調查，嫌犯田所是因為看了影片分享平臺 YouTube 上的直播影片之後非常憤怒，懷著強烈的殺機而作案……】

電視畫面突然消失。

「哎唷，我還在看啦！」

「你不是說只看三分鐘嗎？」

「我認識的人被殺了耶。」

「只是長得有點像吧。」

怎麼可能嘛，那麼獨特的外表絕對不可能認錯的。雖然我這樣想，卻沒有繼續說下去，因為拿著遙控器的媽媽臉上隱約顯出了一絲畏懼。

「為什麼他會被殺死呢？」

「你有空想這種事，還不如去寫功課。『報告時間』要到囉。」

所謂的「報告時間」，是我要向媽媽報告「今天一整天的回顧」。

——聽你描述這一天過得多麼美妙，是我每天最期待的事。

這是我家每天晚上都要在客廳進行的奇怪規矩，起初我只覺得麻煩，後來就漸漸習慣了。

我坐在脫下圍裙的媽媽身邊，她用眼神催促著我「快說吧」。

「唔，首先是……」

我仰望著天花板，開始回憶這一天的經歷。

「嘿，要不要跟我一起當YouTuber？」

今天下午，立花凜子對我們這樣說。她有一身小麥色皮膚，四肢細長，還有一雙大眼睛。在我們這群人裡面，只有她是在島上土生土長的，所以我聽到她這句話還以為是我所不知道的本地詞彙。

「啊？什麼？禿拔？」

桑島鐵砂搖晃著魁梧身軀，呆呆地問道。或許我沒有資格說他，但他的名字真的很怪。他穿著白色汗衫藍色短褲，帶子鬆垮垮的草帽，和島上的風格非常搭調，其實他就像我和露一樣是出生於東京的「外來者」，換句話說，如果我們沒有搬來島上，凜子就是唯一的小學生。大概是因為這樣，島上的人們都很疼愛我們四個，在路上遇見柴田叔叔時，他都會送我們一大堆剛摘的蔬菜，零食店的鶴奶奶也不只一兩次送給我們冰棒和口香糖，還說「不要告訴媽媽喔」。島上的人動不動就說「能交到更多朋友真是太好了，小凜」、「孩子是島上的寶貝，越多越好」。

「你們看這個。」

她拿出了一支iPhone7，金屬光澤的黑色機身，排列著鮮豔圖示的螢幕。這是前幾代的機種，但是當時的我們連手機都沒有，這東西看在我們眼中就像是突然出現在日常生活中的「未來」。

「好厲害！」鐵砂興奮地接過去，感嘆地說道。「真是太帥了！」

「這是爸爸媽媽上個月買給我的，他們說『要是弄壞就糟糕了』，一直不准我拿出來。」

我們一起坐在島上南端的懸崖邊。在已經封鎖的燈塔附近，越過停車場，鑽進右邊的草叢，就能到達這個祕密地點。這懸崖大約三十公尺高，面對著東海。

「珠穆，你也看看啊。」

我從鐵砂手中接過了「未來」，拿起來比想像得重，但又不是特別沉重。聽凜子說這東西可以用來打電話、拍照，甚至可以看電影。就靠這個又小又薄的東西？不可能吧！我拚命地試著找出這「未來」和自己的交集，但我唯一熟悉的部分只有螢幕上方的顯示時間。

「時間要自己調整嗎？」

「啊？怎麼可能嘛。」凜子噗哧一聲笑出來。「你可以改時間，不過手機還是會靠電波自動對時。」

這樣啊。現今還得靠手動對時的恐怕只有我房間裡的老式鬧鐘吧。我正在為自己落伍的發問感到羞恥，卻聽見鐵砂說「還有長得像計算機的圖示耶」，讓我頓時感到安心。太好了，這傢伙的程度和我差不多。

凜子苦笑著說「你們這些人啊……」，她一定很受不了我們看到這麼先進的機器卻只關注時鐘和計算機功能吧。她炫耀似地對我們講解了智慧手機的驚人功能。「你們看，這是照相機。」「好厲害喔！」「還有Siri喔。」「犀利？」「還有……」

其中最吸引我們兩個男生的就是「指紋解鎖」。只要存入指紋，之後把手指按在螢幕上的圓點就能操作手機。

「也把我的指紋存進去。」

「啊？為什麼？」

「我想玩玩看嘛。」

凜子一副不情願的樣子，但是拗不過我再三懇求，只好勉強答應。

「好厲害喔，簡直像間諜一樣。」「就是說啊。」「再讓我試一次。」「好吧。」

在這樣的閒聊之間，我突然意識到旁邊的露，平時多話的她一直沒有加入我們的對話。我把 iPhone7 塞給鐵砂，對她叫道「嘿」。

「幹麼？」

她盯著遠方的水平線，看都不看我一眼，只是冷冷地回答。她有著挺拔的鼻梁、尖削的下巴、瓷器般雪白的肌膚，秀麗的側臉寫滿了不悅，大概是因為主角的位置被凜子搶走而不痛快吧。

被我暱稱為「露」的女孩名叫安西口紅，她的名字寫作口紅，讀作「露玖」（註5），聽說她家很有錢，她也經常炫耀自己的家境，我想應該是真的吧。事實上，她家那間像城堡一樣的車庫裡隨時停著跑車，還不只是一輛兩輛。雖然不知

---

5 rouge，法文的「紅色」。

道在這小島上有沒有機會開跑車，總之還是從本土運過來了。不過露卻像我和鐵砂一樣沒有手機，這點倒是很有趣。她看似很受父母疼愛，沒想到她家的教育方針也和我家一樣。

我看不出露到底是貴族還是庶民，不過她的舉止老是給我一種做作的感覺。該說她像在演戲呢，還是太在意別人的目光，我也不太會形容，反正就是很做作。

最讓人受不了的就是她動不動就要搞「攝影會」。

她本人說是「想要盡量詳細地紀錄自己在島上的生活」，她父母也要求她隨身帶著 GoPro 運動攝影機。鐵砂經常洋洋得意地說「這是有錢人的興趣吧」，不過這不像是他會說的話，我猜可能是他父母說的。只不過連我們都得奉陪她的喜好，這就令人有些不耐煩了。「要來拍什麼呢？」我們還得依照她的要求幫她拍攝，尤其是有精彩畫面時，她都會要求「要把我拍得可愛一點喔」。今天上午也一樣，我們忙著搭木筏準備出海，她卻只是躲在陰涼處攝影，看到我們搭好之後還吵著要我們幫她和木筏合照。

「看太多奇怪的影片會變笨喔。」

露一臉厭惡地說道，她上午時的歡樂就像不曾存在過。

「哪有？明明很有趣。」

凜子點了一下螢幕，轉過來給我們看。

畫面播放著一位和我們年齡相仿的少年開箱新玩具的影片。

大家看看，很棒吧？哇！這要怎麼操縱啊？這是說明書嗎？我現在已經來到了公園……

「拍攝有趣影片給大家看的人——這就是YouTuber。」

箱子裡出現一架遙控飛機（聽說這叫作「無人機」），配上節奏歡愉輕快的背景音樂、動畫般的影片特效，最後用無人機拍攝的畫面作為結尾。我們一下子就被迷住了。

「這是什麼啊？太厲害了！」

後來凜子開心地告訴我們，不只有個人的YouTuber，也有團體的YouTuber。剛才我們看到的少年是「小少爺TV」，粉絲三十萬左右，算是小有人氣。影片的類型五花八門，她最喜歡以妙語如珠的遊戲實況為主打的「脫力兄弟」，以及經常做些近乎違法的擾民行為的「無禮傢伙」。站在無數YouTuber頂點的則是已經組成十年的六人組「Fullhouse ☆ Days」，訂閱人數兩千萬以上，光靠廣告收入就能年收幾億圓。

說明結束後，凜子露出了野心勃勃的笑容。

「生長在小島上的男女四人組，聽起來就很有賣點，不是嗎？」

我們居住的匁島是位於長崎市西方海上八十公里處的小島，全島周長頂多十公里，雖然地勢高低不平，但是騎腳踏車只要一個小時就能繞完一圈，形狀是東西窄、南北長的鵝卵形，北側有一個港口，以港口為中心的小鎮大概住了一百五十人，這裡的居民幾乎全是靠漁業或丘陵上的農業維生。島上只有一間小學，全校只有四個學生，當然，就是我們四人。學校裡沒有學弟妹，等我們畢業以後應該就會廢校吧。島上不至於連電視和收音機都沒有，但是幾乎看不到有人開車，閒著沒事的員警名義上會出去巡邏，事實上只是和居民聊天。正如凜子所說，島上的生活看在都市人眼中想必很新鮮。

「妳說的那個『Fullhouse ☆ Days』的影片一定很有趣吧？」

海風吹在臉上，腳踏車軋軋作響。拖曳機喀啦喀啦地從旁邊駛過，遠方的飛機越過雲朵。下午四點多，我們正要回家。我一邊擦著額頭上的汗水，一邊朝著凜子的背影問道。從島的南側騎車回到小鎮的北側要花三十分鐘，就算慢慢騎也只要四十幾分，還趕得上五點的門禁時間。

「他們的影片有年齡限制，所以我看不到。」

「是因為有色色的東西吧？」鐵砂插嘴說道。

「我不知道啦。」

「聽到色色的東西我就想到……」鐵砂轉頭對我說。「結果那個房間到底是怎樣？」

我苦笑著說「為什麼你聽到色色的就想到那件事啊？」。

他說的是我家除了「報告時間」的另一條奇怪規矩。

——不可以進去那個房間，很危險的。

二樓走廊底端的右手邊有一道緊閉的門，我從懂事以來一直被禁止進入那裡。前些日子我在半夜醒來，突然抑制不了好奇心，於是踮著腳尖悄悄靠近，屏息轉動門把，但是打不開。我豎起耳朵，聽到父母在裡面。

——他們窸窸窣窣地動著，好像在說悄悄話，然後門突然打開，穿著睡衣的媽媽露出臉來。

——你在幹什麼！快點去睡覺！

媽媽氣到滿臉通紅，我從沒見過她這麼凶。我匆匆地往房間裡瞥了一眼，但裡面太暗，什麼都沒看見。

隔天我對朋友們說了這件事，兩個女生露出別有深意的表情互看一眼，凜子隨即問道：

——你最近有沒有對爸爸或媽媽說過想要一個弟弟或妹妹？

我歪著頭表示不解，鐵砂馬上向我解釋：

——大人都說孩子是送子鳥送來的，那是騙人的喔。

「這個不重要，反正我下次一定要成功。」

為了揮開尷尬和一頭霧水的感覺，我趕緊換了話題。

「是啊。」露在我的背後出言附和。「下次一定要成功。」

她說的是搭木筏的事。那艘木筏可能是承受不了重量，也可能是抵擋不住海浪沖擊，總之它載著我們的夢想出海才幾十秒就裂開了。

「就算有下一次，露還是只會站在旁邊看吧。」鐵砂忍不住出言抱怨。

「難道你要叫女孩子去做體力勞動嗎？」

「妳這樣是逆向歧視喔。」

我們像平時一樣閒聊，即將到達小鎮時……

「喂！你們四個！來一下，來一下！」

有個男人從前方走來，興奮地喊著我們。他身材纖瘦，頂著一頭粉紅色的雞冠頭，一看就知道是島外的人。

「哎呀，終於找到了！」

這個人不太正常。我直覺地這麼認為，卻又抵擋不了對方異常的熱情，還是忍不住停下來。

「我可不可以跟你們拍張合照？」

他說這是要做紀念，把手機切換到自拍模式，舉到臉前。

我和身旁的鐵砂面面相覷。

「是沒關係啦。」

鐵砂本來有些猶豫，但他立刻如此回答，走到男人身邊，朝鏡頭比出V型手勢。雖然有些莫名其妙，但是應該不要緊吧，反正他看起來又沒有敵意。我轉了個念頭，正想走過去拍照……

「不行啦！」露突然大喊。「大家快跑啊！」

說完她也狂飆起腳踏車。「等一下！」凜子趕緊跟上去。

我愣了一下，又和鐵砂互看了一眼，得知彼此都感覺到事態非同小可，於是丟下一句「再見」就趕緊溜了。

「喂，等一下啊！」

我聽到男人的聲音一直追著我們不放，所以死命地踩著踏板……

「……後來我在新聞上看到了他。不可能是別人啦，那個粉紅雞冠頭我怎麼可能會看錯？」

我在「報告時間」做出這個結論。色色的那件事我故意略過不提，應該沒關係吧。

媽媽聽完以後，不知為何皺緊眉頭，沉默不語。她似乎不是煩惱，倒像是決定要說出來，只是還在斟酌該怎麼說。媽媽是怎麼了？我越看越不安。

最後媽媽終於打破沉默，但她說出的話讓我根本料想不到。

「你最好再仔細想想，是不是真的要和小凜交朋友。」

「咦？為什麼？」

「媽媽同意小露的看法。我們特地搬來這個小島，她還給你看那些無聊影片，那不是白費了我們的苦心嗎？我或許也該去跟小凜的媽媽溝通一下。」

我覺得有點奇怪，媽媽從來沒說過這種話，她的口頭禪明明是「要好好珍惜朋友」、「在島上的友誼會持續一輩子」，為什麼凜子只不過給我看了YouTube，她的態度就變了這麼多？

不過，後面還有更奇怪的事在等著我……

從這天以後，島上的人們全都開始疏遠我們，包括經常送菜給我們的柴田叔叔，以及零食店的鶴奶奶。大家沒有看不起我們，也不會罵我們，但我們童稚的心靈還是看得出來，他們的態度明顯和過去不一樣，雖然他們表面上裝得一如往常，但我可以清楚看出他們心底想著「不能和這些孩子扯上關係」。最讓我難以置信的是，其中竟然也包含凜子……她也和其他居民一樣開始疏遠我們。

一切都是從那天開始的。

彷彿有個齒輪脫落，我們的日常生活逐漸變了調。

6:46

「總之，從那天開始一切都改變了。很詭異吧？」

我繼續朝著鏡頭說道。

那天在長崎站前被殺的男人是一位知名 YouTuber，他的頻道叫「戒斷症狀」，經常發表爭議性十足的影片。案發時間是晚上七點多，而匆島開往長崎的末班船是下午五點，可見他一定是遇見我們之後就立刻回到長崎，在那裡被刺殺。

「話說回來，YouTuber 真的很會惹麻煩呢。」

演變成凶殺案是極罕見的例子，因損毀物品或妨害名譽而挨告的 YouTuber 倒是多不勝數，就算沒有違法，因「不適當的言行」在網路上受到圍剿也是家常便飯，還有 YouTuber 以貨真價實的整人節目為賣點卻被爆出造假，因而流失了大量觀眾。

即使如此，我還是喜歡他們。

——嘿，要不要跟我一起當 YouTuber？

那天凜子給我看的影片都是我想像不出來、就算想得到也沒辦法實行的事，能夠不顧一切做出這些事的人真是帥呆了。雖然媽媽聽了之後很生氣，我還是很想成為YouTuber，因為我也想像他們一樣，讓螢幕前的觀眾露出笑容。

「但我的夢想還沒實現，那傢伙就……」

8:18

小學六年級的三月。畢業將近，鐵砂和露都有了手機，但是只有最基本的功能——打電話和傳訊息，沒辦法上網。或許是因為我們即將每天搭船到附近的佃島讀中學，所以他們的父母覺得有必要買手機吧。凜子用的手機一樣是iPhone7，現在還沒有手機的只剩我一個人了，但我就算抱怨也沒用，父母一定會說「別人都買了跟我們有什麼關係？」、「別人家是別人家，我們家是我們家」。

凜子的態度還是一樣不自然。我們的關係並沒有變差，也不會刻意忽視彼此，在學校裡或放學後，我們還是會像以前一樣玩在一起，但我常常感到我們之間多了一些距離感，多了一份隔閡，因為凜子從那天之後就不在我們面前用iPhone了，而且更少主動開口。她有時會像突然想到似地連忙閉上嘴，只是用那雙大眼睛看著我們，彷彿在傾訴什麼。

——都是因為我們是「外來者」。

每次聽到鐵砂這樣埋怨，我就會望向掛在他書包上搖晃的吊飾。好像是去年吧，凜子送了吊飾給我們每個人，我是綠色的，鐵砂是藍色的，露是紅色的，凜子自己是黃色的。顏色各不相同，形狀都是星形。

我知道凜子現在仍把黃色的星星掛在手機殼上，光憑這一點，我就相信我們之間的關係絕對不會破裂。

很遺憾，事實並非如此。

「打擾了～」

十天前，露來到了我家。

那時是傍晚，太陽正要下山。

「怎麼會在這種時候跑來？」

「哎呀，有什麼關係嘛。」

我的父母突然被露的家人叫過去，所以現在我家只有我和她兩個人。我們雖是青梅竹馬，但是面對著短裙底下露出健美大腿、身體曲線越來越有女人味的少女，我想叫自己別在意都沒辦法。我把她請到房間裡，眼睛實在不知該往哪裡看，只好面向書桌，叫她自己隨便坐。

「你至少該倒杯茶來吧？」

「喔，對耶。」

我一邊為自己不夠機伶而反省，同時發現了兩件奇怪的事：第一，她迅速地瞄了我的手腕一眼；第二，她來訪的目的。我們在小學低年級時經常去對方家裡玩，但這兩年都不太會去了，我覺得她來我家一定有什麼理由。

我拿著兩杯麥茶回到房間，就看見露很隨興地趴在我的床上，烏黑長髮垂到腰部，兩腿毫不遮掩地直伸，但是更吸引我目光的是她握在手中的智慧手機。

「噹噹～你看，我偷偷把媽媽的手機拿出來了。」

那是閃爍著銀色光輝的 iPhone8。我忍不住發出「喔喔」的讚嘆。

「我們來玩玩看吧。」

聽到她這麼說，我也跟著坐在床緣。淡淡的甜香和氣息。為了制止自己繼續遐想，我努力把注意力放在她的手上。此時她正用拇指按住螢幕上的圓點，用指紋認證解鎖。

「真厲害。我第一次摸到，沒想到這麼簡單。」

她用熟練的動作點著手機螢幕，天真地又叫又笑。

「如果被妳媽媽發現，一定會挨罵的。」

「沒事啦，沒事啦。哇，你看，這個好好笑喔。」

那是照片編輯APP，她說用這個軟體拍照可以把眼睛改得像外星人一樣大，還能加上貓耳。

「來試試看吧。」

接著我們兩人一直在拍照。說好玩確實好玩，但我始終抹不去那種不知所以的異樣感。我看不透她的用意。她跑來找我只是為了做這種事嗎……

過了一陣子，她把手機放在床上，坐直身子。

「對了，今天凜子跟你說了什麼啊？」

原來她是要來問我這件事。

我頓時想起凜子在放學後把我叫到體育館後面的事……

——抱歉，突然把你叫出來。

我到達的時候，她已經在那邊等我了。我輕鬆地向她說了聲「嗨」，突然想到：我們多久沒有兩人獨處了？

我們先聊了一些無關緊要的話題，像是升國中之後想參加什麼社團、當紅的電視節目、最近推薦的 YouTuber，凜子說「Fullhouse ☆ Days」好像已經沒有題材，快要撐不下去了，近年還不斷有新人崛起。我好久沒有跟她單獨聊天了，感覺很新鮮、很愉快，但我隱約感覺得出她還沒有說到正題。

——我一直在猶豫要不要告訴你。

凜子咬住嘴唇，視線飄向地面。

——我們快要變成國中生了。

——在那之前，我有一件事想告訴你。

我猜她一定是要向我告白。

依照我的想法，會把人叫到體育館後面，不是告白就是決鬥。

——或許還是讓你看看這個比較好。

她把 iPhone7 遞給我。我不解地歪著腦袋。

——珠穆，你從那天開始一直很想當YouTuber吧？

凜子會這樣想很正常，她說得也沒錯。即使她後來疏遠我們，我還是一直央求她「再讓我看看其他影片」，她聽了只是露出不知所措的微笑，卻始終不肯答應。

——所以我覺得一定要讓你知道才行。

她一邊說，一邊就要解除 iPhone 的指紋鎖……

此時露從體育館前面走過來，她依次望向我和凜子，像是察覺到什麼，臉上露出笑容。

——你們在做什麼？

——原來是這麼回事啊。抱歉，打擾你們了。

雖然她嘴上這麼說，卻沒有立刻離開，反而像監視似地繼續站在那邊。

凜子緊抿著嘴巴不說話，片刻以後才露出無力的笑容。

——今天還是算了，改天再說吧。

我只能愣愣地看著她小跑步離開的背影。

「她沒有說什麼啊……」

「別敷衍我，我早就看穿了。」

露的語氣像在開玩笑，但她朝我投來的視線卻非常銳利。

「真的啦，因為妳突然跑來，所以她什麼都沒告訴我。」

「啊？是我害的嗎？我是因為看到你們兩人去了體育館後面……」

此時放在床上的 iPhone8 突然發出震動。

「糟糕！是爸爸！」

我們兩人立刻安靜下來，收到訊息的震動通知很快就停了。

「已經這麼晚了，我得回去了。」

螢幕除了顯示出「收到一條訊息」之外，還有著大大的 18:12。我無意識地望向床頭的鬧鐘，短針確實差不多指向「6」，長針指向「2」多一點的位置。

我送露到玄關，抬手向她說「再見」。

「啊？你不送我回家嗎？你要讓女生自己一個人走夜路？」

「明明是妳自己跑來的。」

話雖如此，我也不是不理解她的擔憂。

我一邊抱怨著「真麻煩」一邊穿起運動鞋。

她好像想到什麼事，突然「啊」了一聲。

「糟了，麥茶的杯子還在你房間。」

「又沒有關係。」

「不行啦，是我叫你去拿的。」

露又脫下了鞋子，快步跑進我的房間。我苦笑地想著她在這種時候倒是一板一眼，過了一陣子，她拿著兩個杯子回來了。我心想她怎麼去了這麼久，突然發現其中一個杯子空了，大概是她基於禮貌而喝光了吧。我用下巴一指，叫她隨便放著就好。

「不好意思，讓你久等了。」

「那我們走吧。」

不久之後，我就聽到了凜子的死訊。

「相信我啦，真的不是我幹的。」

「那現場為什麼會有……」

「我發現的時候已經不見了。我沒有騙你啦！」

凜子遺體被發現的三天後，我在體育館後面質問著鐵砂。我當然不是去告白的，硬要說的話更像是決鬥。

遺體在島上的南端懸崖被人發現，就是我們的「祕密地點」三十公尺下方的岩石。凜子的父母見女兒一直沒回家，打電話也聯絡不上，擔心地衝到警局報案，當時是晚上六點十五分，六十分鐘後就發現了遺體，主要是因為她的腳踏車被發現停在燈塔附近的停車場。

死因是墜落時撞到頭部，推斷死亡時間是傍晚五點五十二分至七點十五分。起始時間之所以特別詳細，是因為她手機裡的最後一則通話紀錄是五點五十二分，通話的對象是安西口紅，也就是說，露在來我家之前和凜子講過電話。目擊情報只有一件，有人看見凜子在鎮上騎腳踏車，時間是傍晚五點二十分。從小鎮騎腳踏車到案發現場最快也要三十分鐘，和推論死亡時間相符。現場沒有打鬥痕跡，不能斷定是他殺，雖然有可能是自殺，但是沒有找到遺書之類的東西，斷崖上唯一像是遺物的東西只有「藍色星形吊飾」。當然，吊飾不見得是案發當日留下的，看來只能當作是意外事故……

「你的吊飾明明出現在那裡。」

「你別只懷疑我一個人，怎麼不去問露電話的事？」

「我當然問過！」

——我打電話給她是要問「是不是想跟珠穆告白？」。

露對警察也是這樣解釋的。現在已經死無對證，但露在那之後就去我家問了一樣的事，前後的確有連貫性。更重要的是……

「露還有不在場證明。」

那天她偷拿了媽媽的iPhone，裡面留有她爸爸傳來訊息的時間「18:12」，我當時也看到了。我不確定她來到我家的詳細時間，只知道那是她來了以後十五分鐘左右的事。從我們居住的小鎮到島的南端就算騎腳踏車至少也要花三十分鐘，凜子的死亡時間最早是傍晚五點五十二分，如果把凜子推下懸崖的人是露，她不可能那麼早就到達我家。

鐵砂聽完我的反駁，就無力地垮下肩膀。

「那她可能是自殺吧。」

我突然想起凜子放學後在體育館後面跟我說的話。

——或許還是讓你看看這個比較好。

她朝我遞出 iPhone7，但是露突然出現，打斷了我們的對話。

——今天還是算了，改天再說吧。

我認為凜子不像是自殺，因為她還在找機會告訴我「某件事」。那麼，她想告訴我的是什麼事？答案一定藏在 iPhone7。她使用多年的 iPhone7。

一陣顫慄突然掠過我的背脊。

——說不定我能找到答案。

雖然希望不大，還是值得一試。

「我現在要去凜子家。」

「啊？怎麼這麼突然？」

「我有件事想要確認一下。」

14:45

「……結果真的被我猜對了。」

我朝著凜子遺物 iPhone7 的後置鏡頭說道。

在鐵砂的陪同之下，我趕往凜子家中說明了事情經過，她的父母很爽快地同意了。

——這樣凜子一定也會覺得很欣慰。

於是他們把 iPhone7 交到我的手上。

「不過，我為什麼可以操作她的手機呢？」

這是因為手機裡也紀錄了我的指紋。

——也把我的指紋存進去。

——啊？為什麼？

——我想玩玩看嘛。

如果她後來換過手機，就不會有我的指紋紀錄了。不過這次我押對寶了，手機隨即解鎖，我和鐵砂一起盯著螢幕。我努力克制心中的急躁，用顫抖的手指在她的手機裡搜尋……

「終於被我發現了。」

我自嘲般地笑著說道。

「原來『Fullhouse ☆ Days』就是我的父母。」

　無庸置疑，站在 YouTube 界頂點的六人組就是我、鐵砂、露的父母，他們拍的是以「真人實境」為號召、並且邀請觀眾參與的「孩子成長觀察紀錄片」。我一看到那些影片的標題，頓時明白了一切。

【爆炸話題】終於出爐了！孩子命名選拔賽結果發表【閃亮亮名字】

【搬家】依照觀眾投票搬往M島【離島】

【實驗】沒有手機和電動遊戲就能教好孩子嗎？【結果留待十年後】

【買車】挑戰在島上開跑車！

【賀】託大家的福，小鬼頭們上小學囉！

【熱烈企劃】我們的島上遊樂　～搭木筏出海～

【日更單元】珠穆的一天　vol.56【叛逆期？】

　在網友之間也是一片好評。「這些傢伙未免太拚命了吧。哈哈」「最強 YouTuber 橫空出世。」「『珠穆朗瑪』這名字太有哏了。」「希望孩子不會因此墮落」……

　一切都是用來賺取點閱率的題材，一切都是為了增加訂閱數的戰略……包括我們的奇怪名字，以及搬家到遠離現代社會的離島，全都是根據「觀眾投票」而決定的。仔細想想，凜子確實在三年前的某一天說過「Fullhouse☆Days」已經組成十年，我當時還沒有意識到，這個團體和我們的年紀相同。

「沒想到凜子想到的『離島生活』題材早就有 YouTuber 團體在做了，虧我還覺得這個點子很好。」

這個題材當然有意思，因為只要是正常人，就算想到這種點子也不會真的去做。

「不過，多虧如此，我終於知道我家的奇怪規矩是怎麼回事了！」

我根據鏡頭的角度搜查了自己家的客廳，真的在邊桌上的盆栽裡找到了隱藏攝影機。每天的「報告時間」其實是為了讓觀眾看見我成長情況的「珠穆的一天」單元，所以一定要在藏著攝影機的客廳進行。我在憤怒之下用椅子砸壞祕密房間的門，也明白了這裡的祕密。牆上掛著用來修改背景的綠幕，滿地都是攝影器材。原來如此，難怪父母一直禁止我進這個房間。

「不讓我買手機只是實驗企劃，也是為了避免我們發現『真相』，才不是什麼教育方針。不只如此……」

——你最好再仔細想想，是不是真的要和小凜交朋友。

「媽媽會叫我遠離她也是因為這樣。」
影片可以設定年齡限制，不過只要修改帳號的年齡設定就能輕易突破防線，所以媽媽很擔心凜子哪天會發現這條捷徑，向我們揭穿真相。的確，凜子的手機三年前看不到「Fullhouse ☆ Days」的影片，但現在已經可以看了。可以想見，她當然已經看了那些影片，發現了真相。
是啊，所有人都知道。
包括凜子、島上居民、我們根本不認識的全國觀眾，大家都知道這件事，卻沒有任何人告訴我們事實。匁島居民多半是老年人，他們或許本來不知道，但是後來一定也從本土的親戚那邊聽說了這件事，逐漸傳開消息。他們都知道，和島上的小學生扯上關係「就會有危險」。
「我要問大家一個問題。為什麼和我們扯上關係會有危險呢？」
在此就得提到之前的那件凶殺案了。
「我想，一定是因為那個叫『戒斷症狀』的 YouTuber 被觀眾殺死了吧。」
——我可不可以跟你們拍張合照？
以拍攝爭議影片而獲得大量粉絲的他，跑來找「全日本最有名的小學生」，並且魯莽地直播了整個過程，這是非常不適切的行動，只要出了一點差錯就有可能讓我們發現「真相」，被調侃為狂熱信徒的「Fullhouse ☆ Days」粉絲都把登島這件事視為絕對不可侵犯的禁忌。

「但是他打破了這個禁忌，惹火了觀眾。」

所以其中一位狂熱的粉絲田所背負著兩千多萬「同好們」的心願，殺死了那個人。這種鬧事行為絕不能坐視不管。為了不讓本世紀最棒的題材化為烏有，也為了避免將來又出現其他可惡的效法者，一定要有人站出來「殺一儆百」。

「包括凜子在內，島上的人應該就是從那時開始對我們改變態度吧。」

要是一個不小心就會惹火全日本的觀眾，搞不好還會被狂熱粉絲殺掉。原本善良熱情的島民改變了態度，凜子和我們出現了隔閡，必定是出自這種恐懼。

「不是因為我們是『外來者』，他們怕的是如果言行不慎害我們發現真相，可能會有人來追究他們的責任。」

所以凜子再也不敢在我們面前用手機，說話也變得特別小心。不會錯的，所有的怪事都有了解釋。真相揭露，事情都解決了……

「……當然不能就這麼算了。」

手機的後置鏡頭轉了個方向，站在懸崖邊的安西口紅出現在畫面上，她輕蔑的眼神中還摻雜著怨恨、憤怒、膽怯，但她一定也很清楚不能輕舉妄動，因為她的雙手被綁住，而且站在她身邊的鐵砂只要輕輕一推，她就會和凜子有相同的下場。

「我接下來要說的，只是我自己的『猜想』。」

這也是本次直播的主題。

停頓了良久，我才露出燦爛的笑容說：

「我認為這個頻道有造假之嫌。」

我可以想像螢幕前的觀眾聽了這話會多麼生氣。從我們出生至今的十二年間持續占據 YouTube 界冠軍寶座的「Fullhouse ☆ Days」——被譽為史上最強娛樂的「超強企劃」之中隱藏的真相。

「妳早就知道這一切吧？」

我質問在畫面上瞪著我的露。

「你不要隨便亂說！」

「我沒有隨便亂說。我會好好解釋我為什麼會這樣想。」

第一，她隨身攜帶 GoPro 運動攝影機。「Fullhouse ☆ Days」有一個企劃叫「我們的島上遊樂」，凜子被拍到時臉部會打馬賽克，而我們在大自然中發揮創意玩耍的那些影像怎麼看都是出自露的攝影機。

「當然，這或許是妳的父母要求妳來拍攝我們的。」

可是每次有精彩畫面時，她都會叫我們拍她，而且她總是表現得很做作，不知該說她像在演戲，還是太在意別人的目光。

「妳一定知道自己的影像會被放上 YouTube 吧？」

「才沒有！」

「不只這樣，凜子第一次帶 iPhone7 出來的那天也是。」

我們都因為凜子的介紹而興奮不已，露卻潑了我們冷水。

「妳當時說了『看太多奇怪的影片會變笨喔』。那我問妳，妳怎麼會知道我們在看的是影片分享平臺？」

絕對錯不了，她很肯定地說了「影片」。當時連手機都沒有的我們根本聽不懂「YouTuber」一詞，甚至以為那是島民自己發明的詞彙。

「『戒斷症狀』要找我們合照時，也是妳叫我們快跑的。妳怎麼知道我們不能跟他合照？」

「不要誣賴我，你又沒有證據……」

「最關鍵的是……」我無視她的反駁，丟出最後的王牌。「凜子死掉那天的事。」

她的臉色頓時變得煞白。

「那一天，妳說偷偷把媽媽的 iPhone8 拿出來了。」

我坐在床緣，看見她用熟練的動作啟動手機。

——真厲害。我第一次摸到，沒想到這麼簡單。

她如何啟動手機？是靠著指紋解鎖。

「妳說第一次摸到，顯然是騙人的，因為要用指紋解鎖一定得先把指紋存進手機。」

「這……」

「妳在家裡一定可以自由地使用手機吧？因為那不是妳媽媽的手機，而是妳的手機。」

「是我的又怎樣？」

「那妳的不在場證明就不成立了。如果妳能事先操縱手機，來我家之前就能先調整時間設定。」

——時間要自己調整嗎？

——你可以改時間，不過手機還是會靠電波自動對時。

因為手機會「自動對時」，一般人都會無意識地認定手機顯示的是正確時間，事實上當然可以自己手動調整。

「譬如說，妳可以把時間調慢三十分鐘。」

我們同時看見了手機螢幕顯示「18:12」，說不定當時真正的時間是「18:42」。露才說了「可是……」就閉口不語了，因此我更加確信。

「妳是不是想說，我房間裡的鬧鐘也顯示了相同的時間？」

我當時也看了自己的鬧鐘，確實和她手機顯示的時間一致。

「很簡單，妳只要趁我離開的時候調整就行了。」

——你至少該倒杯茶來吧？

她那句話只是為了把我趕出房間，她一到我家就特別注意我的手腕，想必也是為了確認「我沒有戴手錶」。這都是為了趁我不在時調整我鬧鐘時間的策略。

「把我房間的鬧鐘調到和妳手機一樣的時間是沒問題，但是就這麼放著不管，我遲早會發現時間不對。」

——糟了，麥茶的杯子還在你房間。

所以她才需要獨自去我房間一趟，把時間「再調回來」。她天真地要求我陪她回家，只要想成是為了不讓我立刻回房間，降低被我發現「時間突然過得很快」的危險性，一切就說得通了。

「妳看到凜子想在體育館後面告訴我什麼……不，說不定妳根本聽到了她說的話？不管怎樣，反正都讓妳急了。」

——珠穆，你從那天開始一直很想當 YouTuber 吧？

——所以我覺得一定要讓你知道才行。

凜子想必一直感到良心不安，因為她發現了祕密，卻沒有告訴我，所以她那天下定決心要把一切的真相攤在陽光底下。

「如果真相被揭穿，這一系列的真人實境『孩子成長觀察紀錄片』就做不下去了，這樣會失去觀眾的支持，或許還會損失巨大的廣告收入，不只如此，自己還有可能受到全日本的嘲笑。這樣就糟糕了！一定要想個辦法！」

露經常炫耀自己家多有錢，房子金碧輝煌，車庫裡停滿跑車，那全是多虧了以真實為賣點的企劃。如果這件事最後被島上的同學拆穿，觀眾一定會很不高興，紛紛拋棄這個頻道。

「所以妳為了封口就把凜子殺掉了。不，理由不只這樣。大概是因為『戒斷症狀』被殺的那件事，『Fullhouse ☆ Days』之後的影片都很低調保守，或許可以說是主動收斂吧？因為這樣，頻道開始被人批評老套。」

那天凜子在體育館後面說過，「Fullhouse ☆ Days」好像已經沒有題材，快要撐不下去了，近年還不斷有新人崛起。都是因為發生了那件凶殺案，才害得這個頻道受到非議。

「所以妳也打算藉著『同學身亡』的感人新題材來讓頻道起死回生吧？」

【祈求冥福】同學過世了【追悼】——看到這支影片出現在列表時，我一句話都說不出來。短短兩天，點閱次數就超過了五百萬。雖然觀眾對影片內容褒貶不一，熱烈的關注度還是讓近年來的瓶頸一掃而空。我點開影片，正如我所料，裡面出現了露誇張痛哭的特寫鏡頭……

「我絕不原諒妳。」

我本想維持堅強的形象到最後，卻還是忍不住掉了眼淚。

「竟然只是為了這種理由就把凜子殺掉？開什麼玩笑！」

說是這樣說，要在這個狹小的、生活動線極為有限的離島偷偷殺死一個人並不容易，於是她想到，可以在「祕密地點」把凜子推下懸崖。如果是摔死的，就不能排除意外或自殺的可能性，而且也不需要多大的體力或特別的設備，只要想辦法把人帶到那個地方就好了。

「可是妳想不到更聰明的做法，只能打電話叫她出來。」

我不知道她們那天說了什麼，但是凜子聽到青梅竹馬的邀約一定沒理由拒絕，她毫不知情地去了大家平時玩耍的「祕密地點」，結果被推下了懸崖。

剩下的問題是要怎麼處理「最後一次通話紀錄」，所以露在那之後設法製造自己的不在場證明，並且在現場留下了她從鐵砂書包拆下來的吊飾，如此一來就算警方把這件事當成凶殺案來調查，也不會查到她身上。

「我不認為這些都是妳一個人想出來的，一定是有人教妳的吧？」

是誰？不用說，當然是她的父母。

那天我的父母「突然被叫到露的家裡」，露就趁這個時間跑來找我。為什麼要這樣做？當然是為了盡量減少「需要動手腳的時鐘數量」。如果我家還有其他人在，她就要調整屋內所有時鐘才能完成這個詭計，那樣難度太高了。

「不是的！相信我！我沒有殺她，也沒有作假！」

「很遺憾，這一點不是由我來判斷。」

丟出這句話以後，我朝著螢幕前的兩千萬觀眾宣告：

「要負責判斷的是正在看『Fullhouse ☆ Days』直播影片的各位觀眾。我要把這件事交由你們來決定，反正你們早就習慣把別人的人生當成玩具了。」

——是我們不好，你先冷靜下來。

——求求你，你不是會做這種事的孩子。

我想起了不久之前在廚房拿出菜刀指著父母的時候，他們在影片裡的歡樂神情半點都不剩，只是不斷地哀求和道歉。

——你想怎麼樣？想要什麼都可以告訴我們。

於是我問出了他們用來登入「Fullhouse ☆ Days」的帳號密碼，接著來到島的南端，和約了露出來的鐵砂會合，我再次舉起菜刀威脅，綁住了露的手腳之後就開始了這段直播。

得知真相以來的這一週，我已經熟悉了YouTube的操作方法和功能，從父母那裡問到的帳號密碼也能登入「Fullhouse ☆ Days」的頻道。

凜子，我今天就要為妳報仇雪恨。

「覺得我這些猜想沒錯的人請按『喜歡』，覺得我猜錯的人請按『不喜歡』。懷疑這次直播本身就是騙點閱率的影片也無所謂，如果你這樣想的話也請按『不喜歡』。」

轟隆隆的海鳴聲再次傳來。

說不定那是在海洋另一頭觀看直播的觀眾們的批評和痛罵。

「五分鐘後，如果支持我的人比較多，我就會把她推下懸崖。」

這裡是島的最南端，沒有人可以在五分鐘之內趕到，家人、島民、警察、觀眾，全都只能眼睜睜地看著結局到來。

來吧，做出選擇吧，這才是邀請觀眾參與的終極娛樂。

你會選哪一邊呢？還是怕到根本不敢按？

各篇首次發表於：

【慘者面談】——《小說新潮》二〇一九年二月號

【想做】——《小說新潮》二〇二一年二月號

【潘朵拉】——《小說新潮》二〇二一年九月號

【三角奸計】——《小說新潮》二〇二二年二月號

【#歡迎轉發】——《小說新潮》二〇二〇年二月號

逆思流

#我要說出真相

（原名：#真相をお話しします）

作者／結城真一郎　裝畫／太田侑子　譯者／ＨＡＮＡ
執行長／陳君平　榮譽發行人／黃鎮隆
協理／洪琇菁　國際版權／黃令歡、梁名儀
總編輯／呂尚燁　美術編輯／方品舒
執行編輯／陳昭燕　企劃宣傳／陳品萱
發行／英屬蓋曼群島商家庭傳媒股份有限公司城邦分公司　尖端出版
台北市中山區民生東路二段一四一號十樓
電話：（〇二）二五〇〇—七六〇〇（代表號）
傳真：（〇二）二五〇〇—一九七九
中彰投以北經銷（含宜花東）／楨彥有限公司
電話：（〇二）八九一九—三三六九
傳真：（〇二）八九一四—五五二四
雲嘉經銷／威信圖書有限公司　嘉義公司
電話：（〇五）二三三—三八五二
傳真：（〇五）二三三—三八六三
南部經銷／威信圖書有限公司　高雄公司
電話：（〇七）三七三—〇〇七九
傳真：（〇七）三七三—〇〇八七
香港總經銷／城邦（香港）出版集團有限公司
香港灣仔駱克道193號東超商業中心1樓
電話：（八五二）二五〇八—六二三一
傳真：（八五二）二五七八—九三三七
E-mail：hkcite@biznetvigator.com
馬新經銷／城邦（馬新）出版集團　Cite(M)Sdn.Bhd.
E-mail：Cite@cite.com.my
法律顧問／王子文律師　元禾法律事務所
台北市羅斯福路三段三十七號十五樓
二〇二三年六月一版一刷
二〇二三年七月一版三刷

■中文版■

郵購注意事項：
1. 填妥劃撥單資料：帳號：50003021戶名：英屬蓋曼群島商家庭傳媒(股)公司城邦分公司。2. 通信欄內註明訂購書名與冊數。3. 劃撥金額低於500元，請加附掛號郵資50元。如劃撥日起 10～14日，仍未收到書時，請洽劃撥組。劃撥專線TEL：(03) 312-4212 ・ FAX：(03) 322-4621。E-mail：marketing@spp.com.tw

國家圖書館出版品預行編目資料

我要說出真相／結城真一郎 著 ; HANA譯 . --初版.
--臺北市：尖端出版, 2023.06
面 ; 公分.--(逆思流)
譯自: 真相をお話しします
ISBN 978-626-356-560-9(平裝)

861.57 112004031